•

Ein nackter Arsch

www.gollenstein.de

Buchgestaltung: Nathalie Nierengarten
Satz: Karin Haas
Schrift: Caslon
Papier: Munken Print creme 90 g
Druck: Merziger Druckerei und Verlag
Bindung: DWG Saarbrücken

Printed in Germany
ISBN 978-3-938823-69-9

CHRISTIAN BAUER

Ein nackter Arsch

Ein Fall für Robert Simarek

GOLLENSTEIN

Samstag, 12. Oktober 2002

•

Das Telefon klingelte. Sein Kopf war schwer, und er nahm das störende Geräusch wie durch einen Rauschfilter wahr. Rausch – das war es –, er hatte gesoffen. Zuerst die drei letzten Dosen Bier, die er noch im Kühlschrank gefunden hatte, dann, weil das Bier nicht gereicht hatte, Pastis. Zunächst noch mit Wasser verdünnt. Danach hatte er sich nicht mehr an den Wasserhahn bemüht. Eis war auch keines mehr im Gefrierfach, und so setzte er die Flasche an den Hals und machte dem letzten Rest auf diese Weise den Garaus.

Eine große, blaue Einundfünfzig hatte auf der Flasche gestanden, doch es waren nur fünfundvierzig Volumenprozent gewesen, da war er sicher. Dennoch – zu viel und zu schnell. Und deshalb war er schon vor Mitternacht in einen tiefen und traumlosen Schlaf gesunken.

Das Telefon klingelte immer noch. Warum hatte er eigentlich wieder so zugeschlagen? ‚Abpumpen' nannte das sein Kollege Altpeter. Warum also? Wenn Robert Simarek soff, dann hieß der Grund fast immer Evi Katschmarek. Auch diesmal. Und wenn der Grund Evi

Katschmarek hieß, dann war so gut wie immer ein Streit der Anlass des Besäufnisses gewesen.

Evi hatte ihm am Telefon eine Szene gemacht, hatte geheult wie lange nicht mehr. Und nur, weil er ihr mitgeteilt hatte, dass er am Wochenende nicht wie geplant nach Köln kommen konnte. Dienst ist nun mal Dienst und Pastis nun mal Pastis... Herrgott nochmal!

„Aber wir haben das schon vor Wochen ausgemacht."

„Ja, Schatz, aber der Kollege Altpeter ist krank, und ich schiebe Bereitschaft!"

„Das könnte ja auch mal ein anderer machen!"

„Du weißt genau, dass wir kaum Leute haben und außerdem..."

„Du hast dich wahrscheinlich nicht mal richtig bemüht..."

„Evi, du weißt doch..."

Sie hatte einfach aufgelegt, und sie war im Recht. Er wusste das. Nein, er hatte sich tatsächlich nicht darum bemüht, dass ein anderer die Bereitschaft übernahm. Warum auch? Es gab keinen anderen. Dass er aber nicht einmal in Erwägung gezogen hatte, eine andere Lösung zu suchen, bewies ihm nur eines: Dieses Wochenende in Köln war ihm nicht wirklich wichtig. Jedes andere wäre genauso gut wie dieses. Evi und er waren jetzt schon sieben Jahre zusammen. Verflixte sieben Jahre funktionierte diese Beziehung doch schon: er in Saarbrücken – sie in Köln. War es da nicht völlig egal, an welchem Wochenende sie sich sahen? War es das? Er war sich nicht sicher

– sein Bauch signalisierte ihm, dass er sich in die eigene Tasche log. Gut, er hatte gesagt, er käme an diesem Wochenende nach Köln, aber kaum gab es einen Grund abzusagen, hatte er diesen gerne genutzt. Vorgeschoben? NEIN! Aber es gab gewisse unabänderliche Tatsachen, die Simarek bereitwillig hinnahm. Er verließ Saarbrücken eben nicht gerne, das hatte nichts mit Evi zu tun.

Hatte es nicht? Warum waren sie eigentlich noch zusammen? Die meisten Beziehungen schafften es doch noch nicht mal bis in das siebte Jahr. Na also, worüber regte sich Evi eigentlich auf? Gekränkt – nur weil er seinen Job ebenso wichtig nahm wie sie ihren? Eigentlich war doch alles klar. Er hatte ihr gesagt „Ich liebe dich", sie hatte ihm gesagt „Ich liebe dich!". Und fortan hatten sie beschlossen, sich daran zu halten. So war das. Gut so!

Er war noch mit Evi zusammen, weil sie sich liebten – wirklich? – oder geliebt hatten. Wie war denn der aktuelle Punktestand? Highscore noch in Sichtweite? Kribbelte es noch, wenn sie dran war – am Telefon? Hatte er immer noch so große Lust auf sie wie früher? Auf die kleinen Brüste und die sportlichen, durchtrainierten Schenkel?

Er wollte das nicht zu Ende denken. Er meinte, sie immer noch zu lieben. Aber warum lange darüber reden? Warum darüber nachdenken? Es gab noch Dosenbier im Kühlschrank, und der Pastis mit der blauen Einundfünfzig auf dem weißen Etikett war auch noch halb voll. Prost!

Der Nebel in seinem Kopf lichtete sich langsam. Er

hatte sich weggetrunken und kam langsam wieder zu sich. Er lag bekleidet auf dem Bett, sein Hals kratzte und er verspürte den unwiderstehlichen Drang, einen fahren zu lassen. Aber ob das gut gehen würde? Er verkniff es sich.

Das Telefon klingelte immer noch.

•

„Was is…?" – Simarek hatte Mühe, die beiden Worte über die Lippen zu bringen. Die Zunge klebte am Gaumen, und neben dem Bett stand nicht wie üblich eine Wasserflasche. Mist!

„Hat ja eine Ewigkeit gedauert, Commissario!" Die Stimme am anderen Ende der Leitung klang unangemessen fröhlich. Den Anrufer hatte er sofort erkannt – trotz Rauschfilter. Denn ‚Commissario' nannte ihn nur einer: Fabio Trulli.

Eigentlich war er ja bereits seit Jahren Oberkommissar. Er wartete sogar schon auf die Beförderung zum Hauptkommissar, die irgendwann kommen würde. Für seine Mitarbeiter blieb er aber der ‚Kommissar' oder für Trulli der ‚Commissario'. Simarek war das egal. Er gab wenig auf die unterschiedlichen Amtsbezeichnungen, die Besoldungsstufe dagegen war ihm nicht ganz so gleichgültig.

„Wie spät is'n?", knarzte Simarek ins Telefon.

„Genau fünf Uhr drei, Zeit für 'n Frühstücksei", klang es fröhlich reimend aus der Muschel.

‚Irgendwann erwürge ich ihn‘, dachte der Kommissar. Trullis Neigung, die Welt permanent mit seiner Dichtkunst zu beglücken, konnte Simarek nur wenig abgewinnen. Und mit dieser Meinung war er im Kommissariat nicht allein. Simarek hatte Trulli sogar schon Prügel angedroht, sollte dieser nicht aufhören, ihn und die Kollegen mit Reimen und pseudoitalienischen Phrasen zu nerven. Aber Fabio Trulli hatte ein sonniges Gemüt und nahm das nicht weiter ernst, sehr zum Leidwesen seiner Kollegen.

Simarek wusste, dass der Polizeiobermeister ihn nicht ohne guten Grund zu dieser Stunde störte. Dennoch konnte er sich die Floskel nicht verkneifen: „Ich hoffe, es ist wichtig."

„Si si, Commissario, ganz sicher, man könnte sagen todsicher oder so sicher wie das..."

„Komm zur Sache!", unterbrach ihn der Kommissar, der fürchtete, gleich in einem Schwall bedeutungsgleicher Redewendungen zu ertrinken. Auch die waren eine Leidenschaft Fabios. Hauptsache blumig! Nur leider lag Trulli oft ein winziges Stück daneben, was hin und wieder für peinliche, aber auch komische Momente sorgte. „Also, was ist?"

„Na was wohl, Commissario? Eine Leiche gibt's, männlich, so um die sechzig und unbekleidet. So wie's aussieht, keine Gewalteinwirkung von außen. Die Spurensicherung rufe ich auch gleich an, aber ich dachte, du wolltest vielleicht..."

„Wo?", fragte Simarek.

„Unterhalb der Stadtautobahn, zwischen Alter Brücke und Bismarckbrücke. Ein Obdachloser hat ihn gefunden."

„Bin sofort da!"

„Bene!"

So sehr ihn Fabio Trulli manchmal nervte, Simarek wusste doch, was er an dem Polizeiobermeister hatte. Dass er zuerst seinen Kommissar anrief, gab diesem die Möglichkeit, vor der Spurensicherung am Tatort zu sein. Jeder im Kommissariat kannte Simareks gespanntes Verhältnis zu den Kollegen der Spurensicherung.

Simarek wollte immer als erster den Fundort einer Leiche besichtigen, bevor die anderen Abteilungen mit ihren Staubwedeln und ihrem grellen Licht die Aura des Ortes zerstörten. Er verließ sich gerne auf seine Intuition, er wollte den Ort spüren. Und diese Möglichkeit hatte ihm Trulli verschafft. Er musste sich beeilen.

Zu Fuß waren es gut zwanzig Minuten zum Tatort. Der Spaziergang hätte ihm Zeit gegeben, einen klaren Kopf zu bekommen. Aber zwanzig Minuten waren in diesem Geschäft eine Ewigkeit. Seinen Dienstwagen, einen alten Peugeot 309, den er bislang erfolgreich vor der Ausmusterung hatte bewahren können, stand noch bei Biggi vor der *Gelben Kastanie.* Dort hatte er sein Feierabendbier getrunken (eigentlich waren es vier) und mit Willi, einem pensionierten Briefträger, zwei Grappa gekippt. Da er in seiner Straße ohnehin selten einen Parkplatz fand, hatte er – manchmal siegte die Vernunft – den Wagen gleich stehen gelassen.

Zwar kannten ihn die Kollegen der Verkehrspolizei, und keiner käme je auf die Idee, ihm den Führerschein zu entziehen. Aber als Polizist alkoholisiert Auto fahren? Schließlich hatte er ja eine Vorbildfunktion in der Gesellschaft. Jedenfalls redete er sich das manchmal ein. Jetzt allerdings ärgerte er sich, dass sein Dienstwagen nicht vor der Haustüre stand. Simarek wählte Siebenundzwanzig-null-siebenundzwanzig.

„Taxiruf, guten Morgen!"

„Morgen, Ralf!" Simarek kannte mittlerweile alle Stimmen in der Zentrale, und die Leute dort erkannten ihn auch sofort. „Fährt Ricky heute Nacht?"

„Ja, Robert! Ist in zwei Minuten bei dir!"

Wenn Simarek um diese Uhrzeit anrief, wusste die Zentrale, dass es eilig war. Als das Taxi pünktlich zwei Minuten später vor seiner Haustür hielt, stand der Kommissar schon auf dem Gehsteig. Er zögerte kurz und entschied sich dann instinktiv: „Bismarckbrücke!"

„Ärger?", fragte Ricky.

„Leiche", antwortete Simarek.

„Das Übliche", kam es vom Fahrersitz des Wagens. Damit war das Gespräch zu Ende. Ricky fuhr den Kommissar nicht zum ersten Mal zu einem Leichenfundort. Simarek forderte immer zuerst Ricky an. Er wusste, warum.

Fünf Minuten später stieg der Kommissar aus dem

Taxi. In seinem leicht angeschmuddelten Sweatshirt fröstelte ihn. Er hätte sich eine Jacke überziehen sollen. Als Beamter der Kriminalpolizei trug Simarek grundsätzlich keine Uniform. ‚Lageangepasste Zivilkleidung' hieß sein Look in der Fachsprache. Und eine lageangepasste Jacke wäre jetzt hilfreich gewesen. Nachts war es im Oktober schon empfindlich kalt. Von weitem nahm er am Saarufer schemenhaft Gestalten wahr. Dort musste es sein.

•

„Keine zwölf Minuten, alle Achtung!"

Simarek wusste nicht, ob Trulli wirklich auf die Uhr geschaut hatte. Er ließ ein kleines Grinsen über das Gesicht huschen, nickte seinem Assistenten anerkennend zu und begrüßte auch die Streifenpolizisten, von denen zwei den Fundort absicherten, während die anderen beiden mit einem zitternden, unrasierten Mann sprachen. Simarek benötigte keinen besonderen Scharfsinn, in ihm den Obdachlosen auszumachen. Eigentlich waren es immer Obdachlose, die nachts Leichen fanden. Na ja, was trieben sie sich auch um diese Zeit auf der Straße herum.

„Fahrt mit ihm auf die Wache, nehmt seine Aussage auf und gebt ihm vor allem heißen Kaffee!"

Simarek hatte keine Lust, den Mann hier und jetzt zu vernehmen. Was konnte der ihm schon sagen, außer vielleicht: „Ich habe diese Leiche gefunden, der Mörder ist einsdreiundachtzig groß, trägt Konfektionsgröße zweiundfünfzig und spricht fließend Schwedisch." Solche Zeugenaussagen gab es nur in Krimis. Simarek hatte eine Schwäche für die fiktive Welt der Verbrechen. Gerade hatte er mit Andrea Camilleris Commissario Montalbano Freundschaft geschlossen. Die ersten vier Kapitel von *Die Form des Wassers* hatte er während seiner letzten Morgentoilette nebenher verschlungen. Eine weitere – Morgentoilette, nicht Lektüre – würde ihm bestimmt nicht schaden; er beschloss, sie später nachzuholen.

Ja, Krimis, die konnte er verschlingen, aber das hier war die Wirklichkeit: eine Leiche, die Haut etwas bläulich, vielleicht von der Kälte, mit dem Gesicht zum Boden, den fleischigen Hintern einem imaginären Publikum zugewandt, so als wollte er sagen: „Leck mich!"

„Da liegt er so, wie Gott ihn erschaffen hat!"

Fabio Trulli störte den Gedankengang seines Chefs, und der verzog gequält die Mundwinkel.

„Glaube kaum, dass Gott für die Speckrollen zuständig ist." Der Kommissar schätzte das Übergewicht auf gut zwanzig Kilo. Er kannte sich da aus.

Fabio Trulli ließ sich nicht anmerken, ob er den leicht tadelnden Unterton in Simareks Stimme bemerkt hatte. Vermutlich, so dachte der Kommissar, hatte Fabio die Redewendung in einem anderen, schöneren Zusammenhang aufgeschnappt und in seinen Wortschatz aufgenommen. Jetzt aber schwieg Trulli, und Simarek näherte sich der Leiche.

So, wie sie da lag, gab sie sich noch nicht zu erkennen. Es würde dauern, bis sie ihre Identität preisgab. Wenn der Mann ein Einzelgänger war, dann würde ihn heute, am Samstag, vermutlich niemand vermissen. Und erst am Montag, sofern er nicht arbeitslos war, käme jemand auf die Idee zu fragen: „Wo ist denn unser Herr X?"

Kein Hinweis bis jetzt, aber Simarek wusste, die Maschinerie der Ermittlung musste nur in Gang kommen. Spätestens in drei Tagen würde der starre Körper auch einen Namen haben. Die Todesursache erwartete er schneller zu erfahren. Dafür würden die Herren von der Rechtsmedizin schon sorgen.

Als Simarek ganz dicht an den Toten herangerückt war, bemerkte er den Geruch: Seife! Und eine Spur von Minze. Die Leiche duftete. Simarek hatte da schon anderes gesehen und gerochen.

„Angenehm", dachte er, und die unbekleidete Figur auf dem Boden gewann ein wenig von ihrer Würde zurück. Simarek schaute genauer hin und fand bestätigt, dass der Mann auf Körperpflege offensichtlich Wert gelegt hatte.

Die manikürten Fingernägel sprachen Bände. „Und vielleicht hat auch der goldene Ring etwas zu erzählen", dachte Simarek, als er ihn an der linken Hand entdeckte. Routinemäßig hatte er zuerst auf die rechte Hand geschaut. Er nahm ein Taschentuch und zog den

Ring sorgsam vom Finger, wohl wissend, dass die Spurensicherung, sollte sie es je erfahren, mindestens ‚not amused' reagieren würde. Aber der Ring war in diesem Moment die einzige Chance, einen kleinen Zipfel des Geheimnisses zu lüften, das die leicht duftende Leiche umgab. In dem fahlen, notdürftigen Licht, das der Mond und zwei Baustellenlampen aus dem Streifenwagen spendeten, konnte Simarek einen verblassten Schriftzug erkennen: „Lisette 21.08.1964".

Das war doch was. Wenn Lisette seine Frau war, dann würde sie wohl eine Vermisstenanzeige aufgeben. Und sonst könnten auch die Kollegen recherchieren, welche französischen Lisettes im Jahre 1964 in Saarbrücken und Umgebung geheiratet hatten, vorausgesetzt, der Tote stammte überhaupt aus der Gegend. Diese Ermittlungen mussten allerdings bis Montag warten, denn das Standesamt würde nicht wegen der Polizei seine Öffnungszeiten ändern.

Simarek ließ den Ring in seine Hosentasche gleiten. Für den Moment hatte er alles, was an diesem Ort an Material und Erkenntnis zu gewinnen war. Er prägte sich das Bild des nackten Mannes, den Geruch und die Szenerie so genau wie möglich ein. Den Rest würde die Spurensicherung erledigen. Und manchmal brachten selbst die etwas zustande.

Langsam näherten sich auf dem schmalen Pfad am Saarufer drei Fahrzeuge. Wenn man vom Teufel sprach oder wenigstens an ihn dachte…

Tom Laux, der Leiter der Spurensicherung, sprang

aus dem ersten Wagen und konnte sich ein Grinsen nicht verkneifen: „Na, Robert, schon wieder Erster?“

Über die Todesursache würde Simarek frühestens am späten Nachmittag etwas erfahren. Er wusste nicht, welcher Rechtsmediziner Dienst hatte. Dr. Beutler war der umgänglichere. Dafür aber extrem langsam – er selbst nannte das „gründlich“. Dr. Fischmayr machte seinem Namen alle Ehre. Sein Mund erinnerte an ein Karpfenmaul, das ständig leicht geöffnet und in Bewegung war und stumm die Schlechtigkeit der Welt zu beklagen schien.

„Nun sehen Sie sich das wieder an!“, war sein Lieblingssatz. Meistens hörte ihn Simarek, wenn er nach der Obduktion eines Opfers kurz in der rechtsmedizinischen Abteilung vorbeischaute, um sich die Ergebnisse erläutern zu lassen. Fischmayr war grantig und derb. Sein Job ließ nicht viel Raum für Umgangsformen. Aber er war schnell und präzise, auch am Samstag. Simarek hoffte, dass ‚Fischmaul‘, so nannte nicht nur er ihn insgeheim, heute Dienst hatte. Gegen Mittag wollte er in der Rechtsmedizin anrufen und nachfragen. Bis dahin würde auch sein Kopf endlich klar sein.

Vielleicht sollte er Evi noch schnell anrufen. Aber irgendetwas sagte ihm, dass das im Moment keine gute Idee war. Der Blick auf die riesige Uhr der Bankenzentrale verriet ihm auch, warum. Gerade mal sechs Uhr dreißig. Evi schlief wahrscheinlich noch tief und fest.

Er nahm den Rückweg über die Wilhelm-Heinrich-Brücke. Dort begegnete ihm ein Paar, ein letztes Überbleibsel der Nacht. Der Mann hatte die Frau untergehakt, und beide blickten sie auf den fahlen Mond, der noch über der Stadt stand und sich im Wasser des Flusses spiegelte. Sie lehnten, jung und verliebt, am Brückengeländer, küssten sich zuweilen, unterbrochen nur von neckischem Gelächter zwischendurch. Die morgendliche Kühle schien die beiden nicht zu stören.

„Ach ja", seufzte der Kommissar und ging an ihnen vorbei, ohne den Schritt zu verlangsamen. „Gefühle!"

Gefühle? Sein Bauch sagte ihm eindeutig: „Hunger."

„Morgen, Pit!"

„Du so früh? Laß mich raten, 'ne Leiche."

„Nee, einen großen Kaffee und zwei Croissants."

„Natur oder Schokolade?"

„Wie immer!" Der Kommissar hielt wenig von Croissants, die mit irgendwelchen klebrigen Massen gefüllt waren.

„Milch?"

„Seh ich vielleicht krank aus?" Das Ritual der Bestellung war damit abgeschlossen.

„Also sag schon..."

„Pit, du bist neugierig. Normalerweise stellt die Polizei hier die Fragen."

„Jawohl, Herr Kommissar, aber wenn du hier schon um halb sieben reinschneist, dann bestimmt nicht, weil man dich aus der Disco rausgeschmissen hat."

„Liest du am Montag alles im *Saarbrücker Morgen.* Apropos, hast du die Ausgabe von heute schon da?"

„Gibt heute keine. Die streiken doch!"

„Warum?"

„Keine Ahnung, irgendwas mit Outsourcing. Schnellere Druckmaschinen direkt hinter der Grenze in Forbach. Das kostet hier Arbeitsplätze und deshalb streikt die komplette Belegschaft. Sogar die Journalisten."

„Du bist ja gut informiert!"

„Ich halte Augen und Ohren offen! Vielleicht sollte ich eine regionale Nachrichtenagentur aufmachen. So nebenher."

Pit stellte Croissants und Kaffee auf den Stehtisch vor Simarek.

„Also, was ist jetzt mit der Leiche?"

„Weiß ich noch nicht. Tot ist sie jedenfalls und übergewichtig!"

„Toll!"

Pits Petit Bistro lag gut zwanzig Meter hinter der Brücke und war Anlaufstelle für Frühaufsteher und Übriggebliebene der Nacht. In der Woche war es bei Pit ab sechs Uhr immer voll. An den Bistrotischen drängten sich dann Aktentaschen, Blaumänner und Cocktailkleidchen. Samstags war das anders. Die Stadt schlief länger und nur wenige Nachtschwärmer strandeten bei Pit. Der Kommissar mochte das Bistro. Die Croissants waren frisch und der Kaffee, den er schlürfte, war trinkbar – immerhin.

Soso, beim *Saarbrücker Morgen* wurde also gestreikt.

Jeder hatte so seine Probleme: der Kommissar die Leiche, die Zeitungsmacher unliebsame Konkurrenz. Keine Zeitung, das bedeutete auch, dass Simareks Morgen gerettet war. Kein Wühlen in regionalen Meldungen, stattdessen noch ein paar Kapitel Krimilektüre.

Salvo Montalbano wartete zu Hause. Camilleris fiktiver Commissario aus dem ebenso fiktiven Vigata auf Sizilien ging gern im Meer schwimmen. Dabei kamen ihm oft gute Ideen. Hinterher fühlte er sich meist wie neugeboren. Der Kollege hatte es gut, er wohnte direkt am Strand. Sizilianische Kommissare haben halt Lebensart.

Für Simarek musste eine Wanne genügen. Ein Bad in der Saar erschien ihm wenig verlockend. Die Wanne, das war Saarbrücker Realität. Und während Montalbano auch nie mit Körpergeruch zu kämpfen hatte, brauchte Robert Simarek die Wanne nicht nur zur Entspannung. Vor seiner Haustüre verspürte er erneut das Bedürfnis, einen fahren zu lassen. Er gab nach – ein Fehler.

•

Als Simarek sich abtrocknete, fühlte auch er sich wie neugeboren. Vier weitere Kapitel hatte er gelesen, immer wieder warmes Wasser in die Wanne nachlaufen lassen und die nackte Leiche am Saarufer darüber vergessen. Beim Blick auf sein aufgeweichtes Hinterteil im Spiegel des kleinen Bades fiel ihm der Tote wieder ein. Wieso war die Leiche so sauber? Vielleicht hatte der Mann auch in einer Wanne gesessen, als er starb. Tod durch Ertrinken konnte Simarek allerdings ausschließen. Dann hätte der Tote anders ausgesehen. Und warum hatte jemand sich die Mühe gemacht, die Leiche in dieser Weise am Saarufer zu drapieren? Das war inszeniert, das hatte der Kommissar gleich erkannt.

„Fischmayr, Rechtsmedizin."

„Simarek hier, wissen Sie schon was?"

„Hab' ihn doch gerade erst auf den Tisch gekriegt!" Der diensthabende Rechtsmediziner bemühte sich erst gar nicht, den leicht gereizten Tonfall zu unterdrücken. Simarek war das gewohnt und kümmerte sich nicht weiter darum.

„Und, schon einen Verdacht?"

„Natürlich!"

Simarek bewunderte Fischmayr. Ein Blick genügte dem Rechtsmediziner oft, um mit sicherem Instinkt die richtige Richtung zu finden. Zwar hatte der Kommissar nie verstanden, was einen Mediziner bewog, sich statt mit lebenden Patienten lieber mit Toten zu beschäftigen, aber vielleicht hatte Fischmayr, bevor er auf Leichenschau umsattelte, zu viele Hypochonder behandeln müssen. Eins war jedenfalls sicher: Leichen jammern nicht. Und sie widersprechen der Diagnose nicht. Für Fischmayr wahrscheinlich angenehme Zeitgenossen.

„Also, was ist jetzt?“, hakte Simarek nach, weil Fischmayr von sich aus nicht mit seiner Meinung herausrückte.

„Sie wissen, dass Sie mich jetzt noch nicht drauf festnageln können. Genaues kann ich gegen Abend sagen. Aber wenn Sie meinen Tipp hören wollen…“

„Raus damit!“

„… dann würde ich sagen: Einatmen von Giftgas, wahrscheinlich irgendwas in Richtung Cyanid. Darauf könnte die leicht rosa-bläuliche Hautfärbung hinweisen.“

„Ach, ich dachte, das käme von der Kälte!“

„Leichen frieren nicht mehr! Sind Sie sicher, dass es kein Selbstmord war?“

„Doktor, Sie wissen, wo wir den Mann gefunden haben!“

„Ja, und gestorben ist er da sicher nicht. Nur…“

„Was?“

„… er hat nicht einen einzigen blauen Fleck. Nicht die Spur einer Gewalteinwirkung von außen – wenigstens nichts Sichtbares. Ich meine, wenn einer Giftgas einatmet und dann umkippt, dann gibt es Stoßstellen, blaue Flecken, irgendwas. Der sieht aber fast so aus, als wäre er im Bett gestorben. “

„Hmm, und das heißt?“

„Das rauszubekommen, ist Ihr Problem. Und jetzt muss ich arbeiten. Rufen Sie gegen siebzehn Uhr noch mal an. Dann bin ich fertig.“

Siebzehn Uhr hatte Fischmayr gesagt, nicht etwa fünf! Er war halt präzise und versuchte, durch Korrektheit auch in der Sprache jedwedes Missverständnis von vorneherein auszuschließen. Diese Präzision würden er und sein Team auch bei der nun anstehenden Obduktion walten lassen. Und obwohl Simarek keinen Zweifel daran hatte, dass der Doktor mit seinem Verdacht richtig lag, sah er dem Siebzehn-Uhr-Termin mit Spannung entgegen. Nein, er würde nicht anrufen, er würde hinfahren. Denn der Doktor hatte Recht. Der makellose Zustand der Leiche verlangte nach einer Erklärung. Und vielleicht konnte ein weiterer Blick auf den Toten ja die Fantasie des Kommissars beflügeln. Bis dahin blieben Simarek aber noch ein paar Stunden.

Da sein Kühlschrank leer gähnte, das Bier war vernichtet und die Butter vermutlich ranzig – er wollte sie gar nicht erst probieren, um seinen Verdacht zu bestätigen –, war das die Chance, für das Wochenende zumindest die Grundversorgung zu sichern. Der türkische Gemüse- und Kramladen um die Ecke war gut sortiert, nur Pastis gab es dort keinen. Aber von dem hatte Simarek ohnehin erst mal genug. Allein der Gedanke an Anisgeruch ließ den Kommissar leicht würgen. Vielleicht sollte er auch statt Bier eher Saft und Wasser kaufen und ein abstinentes Wochenende einlegen. Doch diesen Gedanken verwarf er ebenso schnell, wie er gekommen war.

Der Türke, wie er politisch unkorrekt im ganzen Viertel genannt wurde, hatte seine frische Ware immer noch draußen stehen, und Simarek roch gerade an zwei Honigmelonen, die ihm Appetit machten, als er einen herben Knuff in die Seite spürte. Er wollte sich gerade umdrehen, um dem Übeltäter mindestens die Meinung zu sagen, als er eine bekannte Stimme hörte:

„Na, Simarek, steckste deine Nase wieder in Dinge, die dich nix angehen?“ Pastor Hassdenteufel war wie immer ganz in schwarz gewandet. Nur sein Priesterhemd hatte oben einen weißen Stehkragen, der, wie er Simarek einmal gezeigt hatte, aus Kunststoff war. Man konnte ihn abwaschen und war so immer perfekt gekleidet. Hassdenteufel war Pastor der großen Kirche St. Johannes, die mitten in Simareks Viertel lag. Der Kommissar fühlte sich dem Pastor freundschaftlich verbunden und verzichtete deshalb auf Handgreiflichkeiten.

„Was willst du, alter Schweinepriester?“, blaffte Simarek gespielt und ein wenig zu laut. Einige vorbeilaufende Passanten schauten irritiert, andere pikiert.

„Dich zu einem Kaffee einladen, hab' gerade frischen gekocht! Hast du ein halbes Stündchen Zeit?“

„Für dich immer“, sagte Simarek und war gespannt, was der Priester diesmal von ihm wollte. Er bezahlte ein Sixpack und seine Melone; viel mehr würde es an diesem Wochenende eben nicht geben. Seinem fetten Ranzen würde eine Hopfen-Obst-Diät sicher guttun.

•

Sie betraten das Pfarrhaus durch den Seiteneingang. Es lag direkt neben der Kirche, die ihren langen schlanken Turm in den blauen Himmel reckte. Der Turm war das höchste Bauwerk der Innenstadt und da diese – damit, und nicht nur damit hatte sie etwas mit Rom gemeinsam – von Hügeln umgeben war, zog der Turm, wenn man von diesen Erhebungen auf die Stadt schaute, die Blicke fast magisch an.

In Hassdenteufels Küche roch es nach frischem Kaffee. Simarek kannte die Dosierung, mit der der Pastor Kaffee zubereitete, nur zu gut. Das Gebräu konnte Tote aufwecken. Wahrscheinlich sah der Priester darin seinen eigenen bescheidenen Beitrag zur Auferstehung verkaterter Kommissare.

„Also Gerd, was ist?", machte Simarek den Eröffnungszug.

„Hmm… kannst du deinen Kollegen von der Sitte vielleicht einen kleinen Hinweis geben, dass die abends nach zehn mal einen Blick auf das Umfeld von St. Johannes werfen?"

„Wieso das denn?"

„Na ja, da stehen seit einigen Tagen zwei junge Damen, etwas frivoler bekleidet, und sprechen vorbeigehende Männer an. Also, das ist mit Sicherheit gewerblich! Und vor Gottes Haustür muss das nun wirklich nicht sein!"

„Aber Gerd, das ist doch kein Fall für die Sitte."

„Wieso? Sittenverfall vor der Kirchentüre, was muss denn da noch passieren?"

„Nein, du verstehst nicht. Die Sitte kümmert sich um Prostitution in großem Stil. Wenn's um Menschenhandel geht oder Gewalt im Spiel ist. In letzter Zeit schleusen organisierte Banden zum Beispiel haufenweise schöne Bulgarinnen ein. Denen hat man in Sofia gesagt: ‚Mädels, ihr könnt in Saarbrücken in einer Bar arbeiten, verdient eine Menge Geld und habt ein schönes Leben'. Hier angekommen entpuppt sich die Bar dann als Puff, und die Arbeit erfordert etwas mehr körperlichen Einsatz als das Schütteln von Martinis. Und da die Mädchen natürlich kein Deutsch sprechen, können sie sich auch nicht wehren. Und das ist dann ein Fall für unser *Kommissariat Sieben* oder wie du es nennst, die Sitte."

„Aha, und..."

„Was deine Kirchenbordsteinschwalben angeht, da reicht ein Anruf bei der Polizeistation in der Goethestraße. Denn deine Kirche gehört zum Sperrgebiet. Dann kommen die Kollegen, erklären den Damen mal eben, dass sie ihre Beine woandershin bewegen sollen und gut ist's. Platzverweis nennt man das. Und normalerweise hören die Damen auf gut gemeinte Ratschläge. Das erspart ihnen nämlich einen Haufen Ärger."

„Kannst du..."

„Klar kann ich. Ich sag den Kollegen mal Bescheid, sie sollen ein Auge auf deinen Vorhof zum Paradies haben."

„Alter Ketzer!"

„Hmm..."

Hassdenteufel ging an den Küchenschrank, öffnete eine Türe und holte eine kleine Holzkiste heraus.

„Don Stefano. Brasil. Komm, wir rauchen eine."

Der Kommissar überlegte kurz und beschloss, die zum Genuss erforderlichen zwanzig Minuten noch zu investieren. Ein langes Streichholz spendete beiden Rauchern Feuer, und binnen weniger Züge lag der duftende Rauch von Zigarillos in der Luft.

„Wolltest du nicht nach Köln?“

Simarek verzog den Mundwinkel, und der Pastor merkte sofort, dass das Thema falsch gewählt war. Doch Simarek fasste sich schnell und meinte lakonisch: „Ist ’ne Leiche dazwischen gekommen. Lag heute Morgen nackt am Saarufer.“

„Ganz schön kalt.“ Manchmal überraschte der Pastor den Kommissar mit seinen sarkastischen Bemerkungen.

„Wir haben noch keine Ahnung, wer er ist“, sprach Simarek weiter. „Der einzige Hinweis auf die Identität ist bislang ein Ehering.“ Simarek berichtete von der verblassten Gravur und dass er beim Standesamt frühestens am Montag mit einer Nachfrage Erfolg haben würde. Hassdenteufel hörte aufmerksam zu. Beide wussten sie, dass der Kommissar eigentlich nicht über seinen Fall reden durfte. Aber ebenso wussten beide, dass Hassdenteufel schweigen konnte. Alter Priestertrick: Das Gespräch wurde von beiden als seelsorgerlich verstanden und fiel somit unter das Beichtgeheimnis.

„Wieso fragst du nicht jemanden, der sich mit so etwas auskennt?“

„Bitte?“

„Na ja. Lisette, das klingt französisch. Und Franzosen sind in der Mehrzahl katholisch. Ein Ehering, das weist auf eine kirchliche Trauung hin. Und mit dem 21. August 1964 wissen wir auch den Hochzeitstag.“

„Pater Brown, bitte übernehmen Sie. Und damit sind wir so klug als wie zuvor."

„Nicht ganz, habe ja nicht nur ach Theologie studiert mit heißem Bemühen", nahm der Pastor das Zitat auf, „und wenn es im Raum Saarbrücken im August 1964 eine Lisette gab, die katholisch geheiratet hat, dann bin ich schneller als dein Standesamt."

Simarek machte große Augen, als Hassdenteufel weitersprach.

„Ganz einfach: Jede kirchliche Trauung wird beurkundet und steht in den Kirchenbüchern. Diese werden irgendwann archiviert, weil in den Pfarrämtern der Platz knapp wird. Und dreimal darfst du jetzt raten, wo in Saarbrücken die alten Akten gelagert werden."

„In deinem Schlafzimmer?"

„Nicht ganz – aber im Kellerarchiv von St. Johannes."

„Würdest du...?"

„Nachgucken? Aber gerne. Sherlock Hassdenteufel wird gleich in den Keller gehen und forschen. Kann aber ein bisschen dauern. Denn aufgeräumt ist das Archiv nicht."

„Falls du was findest..."

„...ruf ich dich an. Klar! Du kannst aber auch gerne heute in die Abendmesse kommen."

Hassdenteufel konnte es nicht lassen. Zwar akzeptierte er, dass Simarek mit Kirche nicht viel am Hut hatte. Aber die Chance, verlorene Schafe zum Kirchenbesuch zu ermuntern, nutzte er jedes Mal. Natürlich wussten beide, dass Simarek die Abendmesse würde ausfallen lassen. Aber es war immerhin gesagt worden.

Simarek nahm einen letzten Zug und warf das, was von der Don Stefano übrig war, in den Aschenbecher. Stilvoll ließen die Freunde die Stumpen ausglimmen. Der Kommissar nahm seine Einkaufstüten und schickte sich zum Gehen an.

„Du denkst an meine Damen…", rief Hassdenteufel ihm noch nach.

•

Der Kommissar schnitt seine Honigmelone auf und wollte gerade hineinbeißen, als das Telefon ihn störte. Hatte Doktor Fischmayr etwa schon ein Ergebnis?

„Simarek."

„Ich bin's."

„Ach du, Evi. Ich wollte dich auch schon…"

„Na klar!" Evi Katschmarek klang hörbar gekränkt.

„Ok, es tut mir leid. Ich war vielleicht gestern Abend nicht ganz so sensibel…"

„Stopp!", sagte Evi. „Ich will jetzt einfach mal mein's sagen, und dann sehen wir weiter."

War da etwas Drohendes in Evis Stimme? Simarek hatte ein ungutes Gefühl. Er biss in das Melonenstück, dass er immer noch in der Hand hielt und nuschelte schlürfend in den Hörer:

„Ok, du bischt dran." Sofort merkte er, dass das nun

wirklich nicht so klang, als ob er Evi ernst nahm. Zu spät. Das Unheil nahm seinen Lauf.

„Also", Evi holte am anderen Ende der Leitung tief Luft, „ich habe beschlossen, mal eine Auszeit zu nehmen. Wenn du schon nicht über uns nachdenkst, dann muss ich das wohl tun. Ich hatte mir dieses Wochenende freigeschaufelt, und du weißt, wie schwer das ist. Du bist schließlich nicht der einzige Polizist in dieser Beziehung. Nun gut, du kannst nicht nach Köln kommen. Dann habe ich ja jetzt Zeit. Ruf mich also nicht an, ich melde mich, wenn ich fertig bin mit Nachdenken."

„Ja, aber..."

„Nix aber! Ich habe schlecht geschlafen, viel nachgedacht und jetzt will ich das eben zu Ende bringen."

Sie hatte aufgelegt. Sollte es zur Dauereinrichtung werden, dass Evi die gemeinsamen Telefonate immer auf die gleiche Weise beendete? Und überhaupt, wie war sie denn plötzlich drauf? War das die Evi, die er kannte, die Tochter polnischer Eltern, die so herzlich über Polenwitze lachen konnte? „Besuchen Sie Polen, Ihr Auto ist schon da. Hahaha!"

Simarek aß ein weiteres Stück der Melone und beschloss abzuwarten. Evi würde sich schon wieder beruhigen und außerdem hatte er genug Arbeit am Hals. Ein bisschen mehr Verständnis hätte er toll gefunden. Aber hatte er Verständnis? Er spürte, dass Wiedergutmachung angesagt war – später. Gut, dass die Pastis-Flasche leer war. Er brauchte jetzt einen klaren Kopf. Fischmayr wartete – nicht wirklich –, aber

Simarek wollte ja noch in der Rechtsmedizin vorbeischauen.

Er brauchte dringend Frischluft. Zu Fuß konnte er es in dreißig Minuten schaffen. Simarek beschloss, etwas für seine Gesundheit zu tun.

Der Himmel war klar und die Luft pustete den Kopf des Kommissars ordentlich durch. Evi würde sich beruhigen, er sich entschuldigen, und sie würden dieses Wochenende in Köln nachholen – oder in Saarbrücken, obwohl er ahnte, dass er sich diesen Vorschlag besser verkneifen sollte.

In der Rechtsmedizin verströmten die Neonleuchten ihr grelles Licht. Wie konnte man in dieser Atmosphäre nur seinen Tag verbringen? Robert Simarek begriff diese Welt nicht, aber Dr. Fischmayr schien weder anders arbeiten zu wollen noch zu können.

Der Tote lag mit einem weißen Leinentuch abgedeckt auf dem blanken Sektionstisch. Nur die Füße schauten unter dem Laken hervor und zeigten, an einen Zeh gebunden, die obligatorische Kennziffer. Einen Namen hatte er ja noch nicht.

Simarek fröstelte, obwohl es nicht kalt war. An der Leiche lag das nicht, der Umgang mit Toten war schon lange zur Routine geworden. Aber er mochte die kargen Räume der Rechtsmedizin nicht. Sie nahmen den Toten erbarmungslos ihre Geheimnisse. Hier waren sie wirklich nackt und bloß, durchschaut in ihren Lebensgewohnheiten. Selbst die heimliche Praline oder der Cognac zum Einschlafen blieben hier kein Geheimnis mehr.

„Ah, der Herr Oberkommissar bemüht sich persönlich."

Die Stimme Ralf Fischmayrs schreckte Simarek aus seinen Gedanken auf.

„Gibt's was Neues?"

„Wie ich schon vermutete: Einatmen von Cyanidgas. Die Hinweise sind eindeutig. Tod durch Ersticken, das Zeug blockiert das Eisen der Zytochromoxidase der Zellen."

„Mhh?"

„Na ja, die innere Atmung wird lahmgelegt. Cyanidgas bindet beim Einatmen das Eisen der Enzyme. Und dann ist ziemlich schnell Schluss. Um sicher zu sein, haben wir die Schönbeiprobe gemacht. Musste nur ein bisschen Hirn entnehmen und es mit diesem reagensgetränkten Filterstreifen erwärmen. Sehen Sie die Blaufärbung? Eindeutiger Nachweis für Cyanid."

Der Kommissar spürte ein leichtes Würgen, hatte er sich doch gerade die Hirnentnahme bildlich vorgestellt. Er musste sich konzentrieren.

„Und ungefährer Todeszeitpunkt?"

„Ziemlich eindeutiger Todeszeitpunkt." Was hatte der Kommissar von Fischmayr anderes erwartet? „Zwischen zweiundzwanzig Uhr und Mitternacht gestern."

„Können Sie was zu den Umständen...?"

„Mein lieber Herr Oberkommissar. Da gibt es viele Möglichkeiten. Es ist wohl nicht davon auszugehen, dass unser Toter aus Versehen an der falschen Flasche geschnüffelt hat. Wie bringt man jemanden dazu, Cyanidgas einzuatmen? Tja. Erstmal hat unser Täter das Problem, dass sich das Gas in entsprechender Form und Menge in der Luft befinden muss. Und dann sollte er wohl selbst nicht danebengestanden haben. Es sei denn, er hätte eine Gasmaske benutzt. Dann wäre das Opfer aber bestimmt stutzig geworden und es hätte Kampfspuren oder Ähnliches gegeben. Aber die Leiche hier war fast in klinisch reinem Zustand, mal davon abgesehen, dass sie tot war. Die Umstände müssen Sie wohl klären, Herr Simarek."

„In welcher Form lässt sich Cyanidgas denn transportieren oder aufbewahren?"

„Na ja, am besten als HCN, also Blausäure. In flüssiger Form! Das ist an sich nicht gefährlich."

„Und wenn er's getrunken hat?"

„Wollen Sie mich veräppeln?" Fischmayr knurrte.

„Natürlich nicht, tut mir leid."

„Ach, eins noch: Blausäure siedet schon bei sechsundzwanzig Grad und setzt dann tödliches Gas frei. In der Luft verflüchtigt sich das ziemlich schnell. Der Mörder brauchte also nur ein paar Minuten abzuwarten, sozusagen bis die Luft rein war. Dann konnte er die Leiche mitnehmen und da ablegen, wo der Obdachlose sie gefunden hat. Allerdings, warum er das tat, ist mir ein Rätsel."

„Das zu lösen, ist ja nicht Ihr Problem."

Simarek grinste, hob lässig die Hand zum Abschied

und ließ einen irritierten Rechtsmediziner zurück. Humor gehörte zweifelsfrei nicht zu Fischmayrs Stärken.

Der Kommissar schaute noch kurz bei der *Gelben Kastanie* vorbei, um sein Auto abzuholen, trank bei Biggi ein schnelles Bier und hörte sich den neuesten Ärger an, den Biggis Sohn Ansgar angestellt hatte. Ansgar war das Produkt einer Affäre, die Biggi mit einem durchreisenden Dänen hatte. In Saarbrücken hatte Torgar – tragen eigentlich alle Dänen Wikingernamen? – seine Montagereise für ein Jahr unterbrochen und sich mit Messebau über Wasser gehalten. Denn er hatte sich Hals über Kopf in die schöne Biggi verliebt, die gerade mal vierundzwanzig war und so knackig aussah, dass ein großer Teil ihres Thekenpublikums nur ihretwegen in die *Gelbe Kastanie* kam. Auch Torgar war gleich hin und weg gewesen, doch als sich dann ziemlich zügig Ansgar ankündigte und sich nach dessen Geburt die leidenschaftliche Affäre in familiären Alltag zu verwandeln drohte, packte Torgar wieder die Reiselust und er ward nicht mehr gesehen. Doch Biggi erwies sich als ausgesprochen tough, übernahm, nachdem sich der Wirt zur Ruhe gesetzt hatte, die *Gelbe Kastanie* allein und meisterte den Spagat zwischen Kneipe und Kleinkind souverän, allerdings oft argwöhnisch beäugt vom städtischen Jugendamt. Simarek hatte mehr als einmal seine Kontakte spielen lassen und so verhindert, dass das Jugendamt Biggi wirklich Ärger machte.

„Und wo hat Ansgar die Knallkörper her?“, fragte Simarek, der sich zum zweiten Mal innerhalb kurzer Zeit das Grinsen nicht verkneifen konnte. Der Auspuff des Ehepaares Biedermann, Biggis Nachbarn, war Ziel eines Ansgarschen Anschlags geworden und darauf an seinem Ende etwas zerfasert. Vermutlich war er schon zuvor porös gewesen.

„Von Silvester übrig, da hat er die gesammelt und die Reste in einem Karton verwahrt.“

„Du weißt, dass Knallkörper nichts für Kinder sind? Da steht auf der Packung: ‚ab 18 Jahren‘.“

„Ja, Herr Kommissar! Aber du weißt genau, dass du die Dinger in Frankreich auch als Kind kaufen kannst, und alle in Ansgars Klasse haben Knaller gekauft oder geschenkt bekommen und dann aufgehoben.“

„Klar, und warum musste nun der Auspuff von den Biedermanns dran glauben?“

„Na ja, letzte Woche haben sie Ansgar im Treppenhaus mal wieder so richtig angemacht. Er sei zu laut, mache die frisch geputzten Stufen wieder schmutzig, und, und, und...“

„Und dann hat Ansgar eben auf seine Weise geantwortet“, dachte Simarek laut nach. „Den Auspuff wirst du wohl bezahlen müssen.“

„Klar, aber falls die Biedermanns wieder das Jugendamt...“

„...einschalten? Ich glaube nicht, dass es Probleme gibt. Für Zwölfjährige in deiner Wohngegend ist das ein eher harmloser Scherz.“ Und sollte das Jugendamt hier wirklich wieder mitreden wollen, würde er ein kurzes Telefonat führen müssen. Seit zwanzig Jahren in Saarbrücken, verfügte Simarek mittlerweile über ein zuverlässiges Netzwerk von Kontakten. Und für Biggi würde der Kommissar diese auch immer wieder gerne nutzen. Simarek legte zwei Euro auf den Tresen, ließ sich von Biggi einen freundschaftlichen Kuss auf die Wange hauchen und verließ die *Gelbe Kastanie* in erstaunlich guter Stimmung.

•

Das letzte Stück der Honigmelone lag traurig und verschrumpelt auf dem Holzbrettchen. Ein Schwarm Fruchtfliegen hob lautlos von seiner Mahlzeit ab, als Simarek näher kam.

„Guten Appetit“, murmelte der Kommissar, entsorgte die klebrigen Reste der Frucht in den Abfalleimer und griff sich eine Flasche Bier.

Er drehte das Radio an. Keine Leiche in den 20-Uhr-Nachrichten. Gut so. Er wechselte das Programm. Die Popwelle mit ihrem Mainstreamgedudel konnte er einfach nicht mehr hören. Zu viel Shakira und anderer Top-Ten-Müll. Aber die neue Jugendwelle, die seit drei Jahren auf Sendung war, die fand er klasse. Keine Werbung und mitunter, wenn Techno und Rap gerade Pause hatten, richtig gute Rockmusik. Fast so wie früher, als er... jung war...? Dachte er wirklich gerade daran, dass er langsam alt wurde? Quatsch, er würde doch immer jung bleiben, und tanzen konnte er auch noch, auch wenn das mit seiner Wampe in der Disco kein berauschender Auftritt sein würde. Er ertappte sich dabei, wie er zum Rhythmus der Musik durch das Zimmer schlurfte.

„And maybe then you wouldn't get so sick of me", dröhnten die *Sneaker Pimps* aus dem Lautsprecher, und er musste unweigerlich an Evi denken. *Sick* hieß der Titel, der jetzt seit Wochen täglich mindestens zweimal im Programm lief. Na, wenn das nicht zu seiner momentanen Lage passte. Simarek hatte schon seit einer Weile an sich deutliche Stimmungsschwankungen beobachtet. Seine Gemütslage konnte sich von jetzt auf gleich verändern. War das etwa ein untrüglicher Hinweis auf die Midlife-Crisis?

Das Klingeln des Telefons bereitete dem Chaos seiner Gedanken ein Ende. Sherlock Hassdenteufel meldete einen erfolgreichen Ausflug in sein Archiv.

„Lisette Bouvier, geboren 1942 in Bitche, hat hier in meiner Kirche geheiratet und zwar am 21. August 1964. Na, was sagst du?"

„Prima, und wer hat Orgel gespielt?"

„Bitte?"

„Mensch Hassdenteufel! Wen hat sie geheiratet?"

„Ach so, natürlich, deine Leiche wartet auf einen Namen! Alfons Schmidtbauer, geboren 1940 in Saarbrücken. Die beiden wohnten damals in der Stellerstraße 12 auf dem Rotenbühl."

„Na, das ist doch schon was, ich guck gleich mal ins Telefonbuch."

„Hab ich schon gemacht. Schmidtbauer scheint nicht mehr in Saarbrücken zu wohnen, oder seine Nummer steht nicht drin."

„Die krieg ich raus."

„Es wird aber keiner ans Telefon gehen. Höchstens der Hund."

„Woher weißt du das?"

„Lisette liegt auf dem alten Friedhof. Bernd Weisenstein hat sie vor fünf Jahren beerdigt. Das war kurz bevor ich in die Gemeinde kam. Laut Kirchenunterlagen gibt es auch keine Kinder. Das wäre alles."

„Gut, dann werde ich jetzt den Kollegen Trulli mal mit ein paar Aufgaben für die Nacht eindecken. Danke jedenfalls."

„You're welcome."

„Ach ja, solltest du mal abmustern bei deinem Verein, dann lege ich ein gutes Wort für dich ein. Vielleicht können wir mit dir ja was anfangen."

„Du denkst noch an meine Damen?"

„Amen", echote Simarek, und zum ersten Mal an diesem Tage beendete er selbst ein Telefonat.

„Kommissariat drei, Trulli."

„Und, langweilst du dich?"

„No, no, Commissario! Ich schreibe einen Bericht. Wir haben heute noch bei einem bewaffneten Überfall eingegriffen. Na ja, was heißt bewaffnet, unser Herr Räuber war nämlich dümmer als die Polizei erlaubt, hat er doch…"

„Später, Fabio", unterbrach Simarek den Redeschwall. „Ich habe Arbeit für dich!"

„Was mit der nackten Leiche?"

„Ja, die hat nämlich mittlerweile einen Namen: Alfons Schmidtbauer. Hat mal in Saarbrücken gelebt und stammt wahrscheinlich aus der Gegend. Bis morgen will ich wissen, wo er wohnte, wie er lebte und was du sonst noch rausbekommst."

„Si, si, Roberto!"

„Und noch was…"

„Ja?"

„Seine Frau ist tot, seit fünf Jahren, bemüh dich also nicht."

„Capisce."

„Bis morgen."

Schon das zweite Gespräch, das Simarek von sich aus beendete. Der Kommissar spürte, dass er Oberwasser bekam. Jetzt noch ein, zwei Bier und er würde gut schlafen. Schließlich war er seit fünf Uhr auf den Beinen. Simarek ließ den nächsten Kronenkorken von der Flasche springen. Er benutzte dazu ein Feuerzeug.

„Weichei", ging es ihm dabei durch den Kopf. Bei einer alten Freundin aus dem Milieu hatte er neulich einen Fischbacher Bodybuilder kennengelernt, der Bierflaschen mit den Zähnen zu öffnen pflegte. Seine Zahnärztin, eine alteingesessene Saarbrückerin, würde ihm die Leviten lesen, sollte er solchen Blödsinn auch versuchen. Doch beeindruckt hatte ihn diese Demonstration von nach Achselschweiß stinkender Männlichkeit schon. Ob Evi so etwas gefallen würde? Er war sich nicht sicher, wie so oft bei Evi.

Bei Fabio war Schmidtbauer für die Nacht in guten Händen. Dieser Schmidtbauer, irgendwie dämmerte Simarek etwas.

„Da war doch was, da war doch was…“ Aber das Dunkel der Nacht war schneller und der Kommissar glitt hinüber in die Welt der Träume. Das Sixpack leerer Flaschen, ihrer Kronenkorken beraubt, lag zu seinen Füßen. Er hatte gewonnen und war noch dazu im Besitz seiner sämtlichen Zähne. Alles in allem ein erfolgreicher Tag.

Sonntag, 13. Oktober 2002

•

Er lehnte an einem knorrigen Baum. Evi lag zu seinen Füßen und räkelte sich in der Sonne. Ihre kleinen, nackten Brüste reckten sich den wärmenden Strahlen entgegen. Er wollte sich gerade über sie beugen, um die aufgerichteten Knospen anzuknabbern, als ein großer Berner Sennenhund laut bellend auf sie zurannte. Simarek witterte sofort Gefahr und stellte sich mutig vor Evi, um den erwarteten Angriff abzuwehren. Im nächsten Augenblick erhob sich Evi, streifte ihr leichtes Sommerkleid über und verschwand hinter einer alten Buche. Der Hund spitzte die Ohren und sah den Kommissar aufmerksam an. Dann drehte er ab und trottete davon. Simarek schaute sich um und konnte Evi nirgends entdecken. Dafür machte der Hund erneut auf sich aufmerksam, indem er am Rande der Lichtung auf und ab lief und laut bellte. Simarek beschloss, nachzusehen. Beim Näherkommen bemerkte er, dass der Hund vor einem Ball oder etwas Ähnlichem kauerte, oder war es ein Schinken? Nein, jetzt sah er es deutlich, es war ein nackter Hintern. Der Berner Senne wedelte mit dem Schwanz und brachte Simarek die Morgenzeitung.

Simarek kratzte sich am Kopf. Was für einen Blödsinn hatte er sich da wieder zusammengeträumt? Eine nackte Evi, gut, das konnte er sich erklären. Irgendwie lebte er seit ein paar Wochen in zölibatärer Enthaltsamkeit. Da waren ein paar scharfe Gedanken ja wohl erlaubt. Ein kurzer Versuch zu onanieren hatte keinen messbaren Erfolg. Er gab das Vorhaben schnell wieder auf, weil die anderen Traumbilder an die Oberfläche seines Bewusstseins drängten. Der Schinken, der sich in einen Hintern verwandelte, gehörte eindeutig zu Schmidtbauer. Aber der Hund und die Zeitung? Übellaunig schaltete der Kommissar sein Radio ein und landete mitten in den Acht-Uhr-Nachrichten:

„Saarbrücken. Am Saarufer ist gestern Morgen die unbekleidete Leiche eines Mannes gefunden worden. Wie unser Sender aus zuverlässiger Quelle erfuhr, hat die Polizei noch keine Hinweise auf die Identität des Toten. Ein Polizeisprecher teilte unterdessen mit, dass im Laufe des Montags auf einer Pressekonferenz weitere Informationen zu erwarten sind."

Simareks Laune sank auf den Nullpunkt. Wer hatte der Presse den Tipp gegeben? Der Kommissar wusste, dass sich eine Leiche am Ufer der Saar nicht lange verheimlichen ließ. Dennoch hatte er gehofft, nicht so schnell aufgeregten Journalisten Rede und Antwort stehen zu müssen. Trulli hatte die Information sicher nicht lanciert. Der wusste, dass Simarek zur Presse nur ein gezwungen kooperatives Verhältnis pflegte und keinesfalls von sich aus vor Ende der Ermittlungen den Kontakt zu Rundfunk und Zeitung suchte. Blieben noch die Kollegen von der Streife und der Spurensicherung. Er würde sich später darum kümmern.

Wenn er nachdachte, wusste er gar nicht, warum er sich so ärgerte. Die Nachricht im Radio hatte nun wirklich nicht viel verraten. Gut, ein nackter Toter an der Saar. Weder von Mord und Totschlag war die Rede gewesen, noch von einem kriminellen Hintergrund. Das waren Indizien dafür, dass die Presse und ihr Informant noch völlig im Dunklen tappten. Allein der Hinweis auf die Pressekonferenz machte Simarek stutzig. Er konnte sich nicht daran erinnern, eine angekündigt zu haben. Wer sonst?

Simarek wollte gerade zum Hörer greifen und im Kommissariat nachfragen, wer die unerwünschte Begegnung mit der Presse zu verantworten hatte, da kam ihm ein Anrufer zuvor. Sonntagmorgens um kurz nach acht musste es etwas Wichtiges sein oder der Störenfried lebensmüde, denn der Kommissar war für seine Morgenmuffeligkeit berühmt.

„Ja, bitte?", raunzte er in den Hörer, um sogleich auf einen etwas freundlicheren Umgangston umzuschalten, als sich an der anderen Seite der Strippe der Polizeichef meldete.

„Duchene hier." Der Polizeichef, er führte den gewichtigen Titel ‚Polizeipräsident', stammte von den Hugenotten ab, was er gerne betonte. Außerdem galt er als formalistisch und unterkühlt. Dennoch schätzte Simarek seinen höchsten Vorgesetzten, denn dieser hielt seinen Ermittlern, wo immer es ging, den Rücken frei, verlangte dafür aber auch, bei kritischen Fällen immer auf dem Laufenden gehalten zu werden. Und welcher Fall war nicht kritisch?

„Simarek, ich habe heute Morgen einen Anruf vom Rundfunk erhalten. Und mit Verlaub, ich war wenig erfreut. Warum bin ich nicht informiert über die unbekleidete Leiche an der Saar? Wer ist das? Wen haben Sie vernommen? Was haben Sie herausbekommen? Sie wissen, wie unangenehm es mir ist, wenn die Presse mich auf dem falschen Fuß erwischt."

„Wir wissen aber beide, dass es viel zu früh ist für genauere Erkenntnisse. Immerhin, die Identität des Toten konnten wir gestern durch einen glücklichen Umstand klären..."

„Was soll das heißen?"

„Na ja, ein zuverlässiger Informant hat uns auf die richtige Spur gesetzt."

Simarek hütete sich, die näheren Umstände zu erläutern. Sherlock Hassdenteufel blieb sein Geheimnis, und Duchene akzeptierte, dass es im Zuge der Ermittlungen auch Informantenschutz geben musste.

„Alfons Schmidtbauer heißt unsere Leiche. 1940 geboren und lebte früher mal in Saarbrücken."

„Mittlerweile weiß ich das auch, Simarek. Ich hätte das nur gerne von Ihnen erfahren. Gerade bei einer so wichtigen Persönlichkeit wie Alfons Schmidtbauer von *ASP Internationale* in Forbach."

„Bitte was?"

„Alfons Schmidtbauer, das ist der mit dem schnellen und preiswerten Druckverfahren. Deswegen streikt die Belegschaft beim *Saarbrücker Morgen* doch im Augenblick. Hören Sie denn keine Nachrichten? Der Zeitungsverlag will jetzt auch in Forbach drucken und die eigenen Maschinen einmotten. Und das bringt natürlich die Belegschaft auf den Plan. Denn die fürchtet um ihre Arbeitsplätze."

„Aha." Dem Kommissar war der Informationsvorsprung des Polizeichefs unangenehm.

„Ja, während Sie sich den Schlaf des Gerechten gegönnt haben, hat Ihr Kollege Trulli recherchiert. Mit dem habe ich vorhin schon gesprochen, leider erst, nachdem mich der Rundfunk aus dem Bett geklingelt hatte. Ach ja, und morgen um zehn zur Pressekonferenz haben Sie natürlich noch ein paar weitere Informationen, damit es nicht so aussieht, als träten wir auf der Stelle. Natürlich geben wir nichts preis, was die Ermittlungen behindern würde. Wir sehen uns dann morgen eine halbe Stunde vorher zur Lagebesprechung."

„Gut...", mehr konnte Simarek nicht sagen, das Gespräch war beendet. Offenbar hatte Fabio Trulli über Nacht ganze Arbeit geleistet und der Polizeichef war ihm, dem ermittelnden Kommissar, einfach zuvorgekommen mit der Informationsabfrage. Obwohl Simarek wusste, dass sich sein Assistent vermutlich vollkommen korrekt verhalten hatte, war er angefressen. Er mochte es einfach nicht, wenn er nicht im Besitz aller Informationen und damit nicht Herr des Verfahrens war. Trullis

Dienst endete um neun, noch genug Zeit also, dem Polizeiobermeister seinen gerechten Anteil an Simareks eigener schlechter Laune zukommen zu lassen.

•

„Commissario?"

Simarek war einen kurzen Augenblick lang verwirrt. Woher wusste Trulli, dass er am Telefon war? Doch dann verstand er. Sie hatten jetzt im Kommissariat diese modernen Apparate mit Display, das meistens die Nummer des Anrufers signalisierte. Nur wenn der Anrufer seine Nummer unterdrückte, blieb das Display leer. Seit der gläserne Anrufer technisch möglich war, ging der Kommissar nur ungern an das Telefon, wenn keine Nummer im Display erschien, die Gegenstelle also inkognito blieb. Denn Simarek wusste, dass sowohl Rundfunk als auch Zeitung ihre Nummernübermittlung unterdrückten. Aus gutem Grunde! Er jedenfalls würde nie ans Telefon gehen, wüsste er schon im Voraus, dass ein Journalist am anderen Ende wartete. Vielleicht sollte auch er die Telefongesellschaft beauftragen, seine Rufnummer nicht anzeigen zu lassen. Das Überraschungsmoment wäre dann auf seiner Seite.

„Fabio, wie kommst du dazu, Duchene zu informieren, ohne mich vorher anzurufen?"

„Commissario, äh…"

„Der ruft mich hier eben an, und ich steh da wie ein

Idiot. Ich weiß nichts über diesen Schmidtbauer und er schon fast alles. Und dann noch die Sache mit der Pressekonferenz. Ich will unverzüglich auf den neuesten Stand gebracht werden. Warum hast du mich nicht vor Duchene angerufen?"

„Hätte ich ja – aber erstens hat Duchene mich angerufen..."

„Ich weiß", stöhnte der Kommissar, „ich meine, bevor er mich anruft. Gibt es irgendeinen Hinweis, wer die Presse informiert hat?"

„No, und..."

„Was und?"

„Ich wollte ja gleich anrufen, aber dann klingelte das Telefon schon wieder und, was für ein Zufall, Evi aus Köln war dran."

„W-was?", stammelte Simarek in die Muschel, denn er war nun doch reichlich verwirrt. Sollte Evi jetzt schon bei seinem Assistenten anrufen, um ihm ihr Leid zu klagen? Das ginge ja wohl erheblich zu weit.

„Es war dienstlich", bemühte sich Fabio Trulli, betont korrekt zu klingen, denn er wusste, dass in letzter Zeit das Verhältnis zwischen Simarek und seiner Freundin nicht gerade entspannt genannt werden konnte. Und er wusste auch, dass er einen ordentlichen Krach mit seinem Chef riskierte, sollte er sich in irgendeiner Weise einmischen oder gar Partei für Evi ergreifen. Dabei hegte auch Fabio große Sympathie für Evi, seitdem sie bei einer Fortbildung einmal gemeinsam auf einer nächtlichen Tour in Köln versackt waren. Aber mehr als

Schwärmerei, das wusste Fabio, würde er sich hier nie erlauben.

„Dienstlich?" Simarek signalisiert Trulli durch den Tonfall, dass er erstaunt seine Augenbraue hochzog. Und der Assistent hatte seinen Kommissar nun deutlich vor Augen.

„Dienstlich", bemerkte Trulli noch einmal. „Auch in Köln hat es eine Leiche gegeben, und die hat auf ihrem Personalausweis eine saarländische Adresse stehen."

„Unnatürlicher Tod?"

„Offenbar Selbstmord. Und reichlich Beruhigungsmittel im Gepäck hatte die junge Dame. Deshalb ist auch Evis Rauschgiftabteilung mit drin in den Ermittlungen. Allerdings: Umgebracht hat sie sich mit stinknormalen Schlaftabletten in irgendso 'ner Kölner Nobelabsteige. Vornehm geht die Welt zugrunde..."

„Bitte, Fabio." Simarek wollte unbedingt vermeiden, dass Trulli weitere weltanschauliche Allgemeinplätze von sich gab.

„Si?"

„Warum ruft Evi uns an? Selbstmord ist nicht unser Job. Und die Todesnachricht irgendwelchen Angehörigen zu überbringen ebenfalls nicht."

„Na, wegen dem Abschiedsbrief. Sie hat einen hinterlassen. An ihre Eltern. Und Evi meinte, der könnte uns interessieren."

„Aha, einen Abschiedsbrief, und was steht drin?" Simarek war kurz davor, in das Telefonkabel zu beißen. Dass er seinem Assistenten die Würmer offenbar aus der Nase ziehen musste, brachte ihn an den Rand eines Wutanfalls. Und ein fernmündlicher Streit mit Fabio hätte zwar die Spannung gelöst, aber wahrscheinlich nicht weitergeführt. Simarek hatte längst akzeptiert, dass Trulli sein eigenes Tempo hatte. Und dessen Vorzüge, seine Gründlichkeit und sein mitunter aufblitzender Scharfsinn, überwogen in Simareks Augen seine Schwächen bei weitem.

„Was drin steht, weiß ich noch nicht. Evi wollte ihn scannen lassen und dann mailen. Aber irgendwas mit ‚Nun hat er mich auch noch auf dem Gewissen', und Evi meinte, das könnte ein Hinweis sein, dem wir nachgehen sollten."

„Hmm, gut. Wann gehst du...?"

„Um neun, denn..."

„Nein, ich meine, dem Hinweis nach?"

„Wieso ich? Ich hatte Nachtdienst und dafür heute frei, ich habe kein Auge zu..."

Simarek fiel ihm zum zweiten Mal ins Wort.

„Vergiss es, mein Lieber. Das Leben ist hart, und Altpeter ist krank. Ich habe Schmidtbauer am Hals, und der Neue kommt erst morgen. Und dem kannst du das wirklich nicht aufs Auge drücken."

„Na klasse, Mama macht heute Calamari con Piselli, du weißt, das Gericht, das du neulich von dieser italienischen Webseite gezogen hast."

Der Kommissar erinnerte sich. Er hatte vor ein paar Tagen im Netz gesurft, neugierig geworden, weil er von Montalbanos kulinarischer Leidenschaft gehört, bevor er das erste Buch von Camilleri erstanden hatte. Und über den Searchstring – warum verdammt noch mal gab es dafür kein deutsches Wort, Suchbegriff klang so blöd – war er auf einer Seite mit Rezepten a la Montalbano gelandet, jenes Kommissars, dessen erstem Fall er gerade in seiner Freizeit lesend folgte. Calamari con Piselli sollte es also heute bei Trullis Familie geben. Der schwimmende Tintenspritzer mit Erbsen würde warten müssen.

„Fabio“, sagte der Kommissar ein wenig zu scharf, und er konnte den Verdacht nicht ganz verdrängen, so einer imaginären Evi imponieren zu wollen. „Du kümmerst dich da jetzt gleich drum. Mach die Eltern der Toten ausfindig. Wir fahren heute Morgen noch hin. In 'ner Stunde bin ich im Büro.“

„Chefe?“

„Was is' noch?“

„Ich kann dich auch nicht leiden!“ Fabio hatte aufgelegt, nicht er. Wie stand es jetzt? Robert Simarek hatte den Überblick verloren.

•

Simarek spülte mehrmals. Er hatte sich ausgeschissen, und das tat verdammt gut. Fast fühlte er sich wie neugeboren, sah er einmal vom Stechen in seiner linken Seite ab.

„Die Galle“, hatte sein Freund Alex, ein Arzt im Warndt-Krankenhaus, ihm auf den Kopf zu diagnostiziert, und Simarek hatte beschlossen, es zu ignorieren. Also: wie neugeboren! Das Grummeln in seinem Magen, das sein Bedürfnis nach einem ordentlichen Morgenschiss beschleunigt hatte, verdankte sich Evis Anruf. Wieso hatte sie Dienst, und wieso rief sie seinen Assistenten an? War sie jetzt so sauer auf ihn, dass sie beschlossen hatte, ihn zu schneiden? Nein, so war Evi nicht. Vermutlich hatte sie nur den korrekten Weg gewählt, wenn man über Landesgrenzen hinweg Hilfe von Kollegen benötigte.

Blieb noch die Frage, warum Evi im Dienst war. Hatte sie sich das Wochenende nicht extra frei genommen? Für ihn? Aber in Köln war die Personaldecke ähnlich dünn wie in Saarbrücken. So hatte es wohl auch Evi erwischt. Simarek war sich nicht ganz sicher, ob er sich beim nächsten Telefonat ein schadenfrohes „Siehste!" würde verkneifen können. Besser wäre es wohl, aber nicht immer siegte bei Simarek der Verstand, eine Eigenschaft, die ihn manchmal in Schwierigkeiten brachte, privat wie beruflich.

Der Kühlschrank war leer und die Honigmelone als Wochenendvorrat doch eine recht sparsame Disposition gewesen. Und da sein Magen knurrte, beschloss der Kommissar, auf dem Weg zum Büro noch kurz am Bahnhof zu halten, denn der Bahnhofsbäcker hatte auch sonntags frische Waren. Als kleines Zeichen der Wiedergutmachung hatte Simarek sogar beschlossen, Fabio zwei Croissants mitzubringen, weil dieser nicht pünktlich zum Tintenfischessen bei seinen Eltern sein würde.

Der rothaarige Verkäufer, bei dem drei Kreolen im Ohr dafür sorgten, dass die Kundschaft nicht dauernd auf sein pockennarbiges Gesicht starrte, ließ gerade vier warme Croissants in einer Papiertüte verschwinden, als Simareks Blick auf die Zeitungsauslage des benachbarten Kiosks fiel. Dieser hatte zwar geschlossen, aber hinter den vergitterten Fenstern grinste ihn von einem Titelblatt ein Berner Sennenhund an.

Simarek bezahlte seine Croissants und näherte sich dem Kiosk. *Hund und Herrchen* hieß die Zeitschrift, die offenbar Methoden zur fach- und artgerechten Erziehung von Vierbeinern vermitteln wollte. Der Berner Senne erinnerte Simarek wieder an seinen seltsamen Traum. Richtig, der Hund hatte eine Zeitung in der Schnauze getragen. Schmidtbauer hatte mit Drucktechnik zu tun. Vielleicht ein Hinweis des Unterbewusstseins. Aber wieso ein Berner Senne? Wieso ein Hund? Und hatte nicht Hassdenteufel auch so eine seltsame Bemerkung gemacht? „Es wird aber keiner ans Telefon gehen. Höchstens der Hund." Der Kommissar erinnerte sich an diesen Satz des Pastors. War das nur so dahingesagt?

Simarek verscheuchte den Gedanken, eine Erklärung dafür hatte er ohnehin nicht. Er verließ den Bahnhof, stieg in seinen alten Peugeot 309 und fuhr ins Kommissariat. Das lag seit einem knappen Jahr auf der anderen Saarseite und war ein modernes Gebäude nahe der Ludwigskirche. So ganz wollte sich Robert Simarek immer noch nicht mit den modernen Büros und dem Neubau anfreunden. Die Landesregierung hatte sich zwar nicht lumpen lassen, aber die alten Büros mit den hohen Decken in der Kantstraße, wo das Kommissariat früher war, hatten ungleich mehr Charme und Atmosphäre, fand Simarek. Die richtige Atmosphäre fördert den kreativen Denkprozess, und darauf, das wusste er, war er angewiesen.

„Hab dir was mitgebracht", knurrte der Kommissar, als er ins Büro eintrat und die Tüte mit den Croissants schwungvoll auf den Tisch warf, worauf diese platzte und die Croissants bereitwillig preisgab.

„Danke", sagte Trulli nur und biss sofort in eins hinein. „Hav' übrigenf bie Adrefe der Eltern", quetschte er aus vollem Mund hervor, während er kaute.

„Ab zwanzig Gramm wird's undeutlich", wies der Kommissar den Polizeiobermeister auf dessen Verstoß gegen die Etikette hin. Fabio schluckte kurz und wiederholte: „Adresse! Von der Toten! Die Eltern leben in Saarlouis. Moltkestraße. Ich hab schon 'ne Wegbeschreibung ausgedruckt."

„Che?" Auch Simarek hatte, wider Willen angesteckt von Fabio Trulli, seine italienischen Momente.

„Na ja, geht doch jetzt super einfach im Internet. Muss man nur Start und Ziel eingeben und schon kann man die ideale Fahrtstrecke ausdrucken."

„Aber wie man nach Saarlouis kommt, wissen wir doch. Und die Moltkestraße ist eine der großen. Außerdem kennt die jeder seit der Rotlichtaffäre."

„Ja, aber wenn wir das alles nicht wüssten, dann wäre

das richtig praktisch mit der Wegbeschreibung aus dem Computer."

„Fabio, du raubst mir den letzten Nerv! Hast du wenigstens rausgefunden, wo Schmidtbauer wohnt?"

„Si! Und zwar ebenfalls über das Internet." Fabio grinste. „Obwohl er nicht im Telefonbuch steht. Das Haus können sich morgen die Kollegen der Spurensicherung mal genauer anschauen. Und jetzt ab nach Saarlouis. Dann bin ich vielleicht zum Nachtisch zurück." Falls Fabio glaubte, diese Bemerkung verursache ein schlechtes Gewissen bei seinem Chef, so hatte er sich getäuscht. Immerhin hatte er Croissants bekommen. Das war Großmut genug gewesen und musste für eine Weile reichen. Irgendwie trug Simarek seinem Assistenten immer noch nach, dass der am Morgen mit Evi telefoniert hatte – rein dienstlich, wie er und der Polizeiobermeister wussten. Und daran bestand kein Zweifel. Aber nicht immer folgte Simarek seinem Verstand, auch das wussten beide.

Die Moltkestraße hatte schon bessere Zeiten gesehen. Einst die Wohnstadt besserer Leute, hatte das ganze Viertel genauso wie Bergbau und Industrie in der Region den Abstieg in die Bedeutungslosigkeit hinnehmen müssen. So bot die Moltkestraße jetzt jene seltsame Mischung, die es an der Saar häufiger gab: Vorgärten mit Zwergen, die Schubkarren schoben und direkt nebenan der Puff, allerdings nicht allzu offensichtlich zu erkennen. Denn Madame Eve, die Betreiberin, eine dralle

Mittfünzigerin mit wallendem Haar und ebensolcher Garderobe, legte Wert darauf, mit den Nachbarn in Frieden zu leben. Sie vermied es daher, mit ihrem Etablissement Aufsehen zu erregen. Dass sie vor Jahren einmal in den Schlagzeilen war, lag schließlich nicht an ihr. Was konnte sie dafür, dass korrupte Politiker und spendierfreudige Manager das Geld unbedingt bei ihr und ihren hübschen Mädels aus gut einem Dutzend Ländern ausgeben wollten? Ein investigativer Zeitungsreporter hatte das damals aufgedeckt. Aber nach dem Skandal war es Madame Eve doch wieder gelungen, ihr Haus diskret zu führen, und so legte sich die Aufregung im Viertel wieder. Seitdem herrschte in der Moltkestraße ein Klima friedlicher Koexistenz und selbst die Schulkinder winkten mitunter Madame Eves Damen freundlich zu, was diese ebenso freundlich und ohne Anzüglichkeiten erwiderten. Ausnahmen machten sie höchstens, wenn einer der Schüler sichtbar die Volljährigkeit erreicht hatte...

•

Gesine Mollet war in geordneten Verhältnissen aufgewachsen. Das sah sofort, wer seine Füße in den kleinen Vorgarten setzte, den Gabriel Mollet vor seinem Haus in der Moltkestraße 22 angelegt hatte. Blumen und Sträucher standen in Reih und Glied, und die sorgsam beschnittene Buchsbaumhecke erinnerte fast an einen italienischen Schlossgarten.

Erna Mollet, die die Tür öffnete, machte einen ebenso geordneten Eindruck wie der Vorgarten ihres Mannes. Und nachdem sich Simarek und Trulli als Polizisten zu erkennen gegeben hatten, fragte sie auch sogleich, als habe sie es erwartet:

„Ist was mit Gesine?“

Simarek hasste diese Momente, wenn er mit einer Hiobsbotschaft vor einer ihm fremden Türe stand. Aber das Überbringen von Todesnachrichten gehörte nun einmal zum Beruf des Polizisten. In der Ausbildung war das zum Glück auch ein Thema gewesen, in das Zeit investiert wurde. Doch Simarek hatte die Erfahrung gemacht, dass die Situation immer wieder ganz anders war, wenn er dann vor einer neuen fremden Türe stand und klingelte. Es wollte sich einfach keine Routine einstellen, und dem Kommissar gingen solche Momente immer wieder nah. Den harten Hund, den er nach außen gerne und oft gab, nahm er sich dann selbst nicht ab. „Schön, noch Mitgefühl zu haben“, dachte Simarek kurz und war dankbar, dass Erna Mollet mit ihrer Frage bereits den Eröffnungszug gemacht hatte.

„Dürfen wir reinkommen? Wir haben schlechte Nachrichten.“

Ohne einen Anflug von Nervosität wies Erna Mollet den Polizisten den Weg ins Wohnzimmer, in dem ein rundlicher, freundlich wirkender Mann auf dem Sofa saß und in einem Briefmarkenalbum blätterte.

„Gabriel, die Herren sind von der Polizei. Sie sagen, sie bringen schlechte Nachrichten.“

„Ist was mit Gesine?“, fragte auch Gabriel Mollet sofort.

„Ihre Tochter ist tot.“ Simarek wählte den direkten Weg. Seiner Erfahrung nach war drum herumzureden selten hilfreich. Und ebenso wenig konnte er das Aussprechen dieser Nachricht seinem Assistenten überlassen.

„Sie hat sich in Köln mit Schlaftabletten das Leben genommen.“

Beiden Eltern stand das Wasser in den Augen. „Tränen, gut“, dachte Simarek, der registrierte, dass Gabriel und Erna Mollet dennoch erstaunlich gefasst waren.

„Unsere Kollegen haben einen Abschiedsbrief gefunden. Eine Kopie davon haben wir Ihnen mitgebracht. Das Original liegt noch in Köln.“ Fabio Trulli überreichte Gabriel Mollet den Brief, während Erna sich räusperte:

„Ich nehme an, Sie haben bemerkt, dass wir nicht wirklich überrascht sind. Unendlich traurig schon. Aber nicht überrascht. Gesine hat bereits vor zwei Jahren versucht, sich das Leben zu nehmen. Damals hat Gabriel sie rechtzeitig gefunden.“

„Mmmmh, und dann?“

„Danach“, ergänzte Gabriel Mollet, „ist sie dann in Psychotherapie gegangen. In Saarbrücken. Ich hatte auch kurz den Eindruck, es wird alles besser. Aber das hielt nicht lange. Sie hatte auch ständig irgendwelche Tabletten in der Tasche, schluckte Stimmungsaufheller und anderes. Wir konnten ihr einfach nicht helfen.“

„Wissen Sie", sagte Erna, „Gesine war schon als Kind sehr melancholisch. Sehr nah am Wasser gebaut. Sie konnte stundenlang weinen über das Elend der Welt. Als Konfirmandin kam sie einmal von einer Dritte-Welt-Freizeit nach Hause und wollte auf der Stelle Entwicklungshelferin werden. Sie ließ sich von so vielen Dingen berühren. Selten habe ich sie dabei richtig fröhlich erlebt. Das war für mich das Schwerste."

Simarek musste auf Gesines kurzen Abschiedsbrief zu sprechen kommen. Er hatte ihn bereits im Auto gelesen. Doch jetzt, da er Gesines Eltern gegenübersaß, fühlte er wieder diese deutliche Grenzverletzung, die er im Rahmen seiner Arbeit immer wieder begehen musste. Er drang in Privates ein, weil er wusste, dass anders ein Fall selten zu lösen war.

„Gesine schreibt an einer Stelle: ‚Ihr wisst, dass ich seit meiner unglücklichen Liebe nicht mehr richtig auf die Füße gekommen bin. Er hat mich nie in Ruhe gelassen, obwohl ich versucht habe, ihn aus meinem Leben zu streichen. Ich mag nicht mehr. Das alles ist sinnlos. Jetzt streiche ich eben mich aus meinem Leben. Mag er mich auch noch auf dem Gewissen haben.' Der Brief endet mit: ‚Seid mir nicht böse. Ich liebe Euch. Gesine.'"

Beide Eltern hatten wieder Tränen in den Augen.

„Ich muss Sie das fragen", sagte Simarek. „Wer war diese unglückliche Liebe?"

„Das wissen wir nicht", antworteten Erna und Gabriel Mollet fast gleichzeitig. „Gesine wollte mit uns nie darüber sprechen", fuhr Erna Mollet fort. „Wir waren verzweifelt, hätten ihr so gerne geholfen. Aber irgendwie meinte sie, sie müsse mit ihrer Geschichte alleine fertigwerden. Wissen Sie, Gesine war jetzt Ende zwanzig. Das ist so die Zeit, wo sich, wenn überhaupt, Eltern und Kinder wieder annähern. Davor herrscht meistens Funkstille, jedenfalls nimmt man nicht sehr am Leben des Anderen teil."

„Meine Frau hat sehr viel Literatur gelesen zum Verhältnis zwischen Eltern und Kindern in der Phase, wenn Kinder erwachsen werden. Sie wollte verstehen, was da passiert. Geholfen hat das aber nicht wirklich."

„Mir schon", protestierte Erna Mollet sanft. „Ich mache mir viel weniger Vorwürfe als früher."

„Und Sie haben wirklich keinen Anhaltspunkt, wer die unglückliche Liebe Ihrer Tochter war?"

„Keine Ahnung, aber es muss irgendjemand aus ihrem damaligen Arbeitsumfeld gewesen sein. Sonst hätte sie nicht Hals über Kopf ihren Job gekündigt. Denn *ASP* hat wirklich gut bezahlt."

„ASP ?" Simarek und Trulli schauten sich überrascht an. *„ASP Internationale* in Forbach?"

„Genau die", antwortete Gabriel Mollet. „Gesine hat Übersetzen studiert und dann gleich einen Job im Sekretariat von Alfons Schmidtbauer bekommen. Mit Englisch, Französisch und Spanisch war sie wohl eine Idealbesetzung für die Firma."

„Und da hat Gesine wann gekündigt?", fragte Fabio Trulli.

„Vor gut zwei Jahren. Und danach hat sie das erste Mal versucht sich umzubringen“, antwortete Erna Mollet.

„Und hat sich anschließend eine Therapeutin gesucht. Mhhh. Haben Sie den Namen der Psychologin?“

„Simone Richter. Gesine erzählte was von einer Praxis direkt am Beethovenplatz. Sie hat mal eine Visitenkarte hier liegen lassen… – Ah ja, hier ist sie. Simone Richter, Beethovenplatz 9, Psychotherapie und Psychoanalyse.“

„Kann ich die haben?“, fragte der Kommissar.

„Ich habe keine Verwendung dafür“, war die Antwort und der Kommissar notierte im virtuellen Terminkalender seines Gedächtnisses für Montag einen Praxisbesuch.

•

„Um zwölf gebbt gess“, bemerkte Trulli beim Blick auf die Uhr, als er mit Simarek wieder im Auto saß und die Moltkestraße Richtung Autobahn verließ. Die Digitaluhr des alten Peugeot 309 zeigte genau 12:00 Uhr. Simarek wunderte sich nicht über die korrekte Verwendung saarländischer Grammatik durch seinen Assistenten. Er selbst hatte, obwohl er schon seit der Ausbildung in Saarbrücken lebte, und das waren jetzt bald zwanzig Jahre, die Versuche aufgegeben, Dialekt zu sprechen. Aus seinem Munde klang das aufgesetzt und peinlich. Außerdem hatte er nie verstanden, wann der Saarbrücker das Verb „genn" im Sinne von werden und wann er „werre" benutzt. Und vor allem, warum die in Saarlouis oder in Mettlach das wiederum anders handhaben. Aus Trullis Mund klang die Wendung „gebbt gess" natürlich auch ein wenig seltsam. Aber das war ein anderes Thema, und der Kommissar verkniff sich einen Kommentar.

Es war also bereits zwölf, und bei Familie Trulli in Burbach standen jetzt wohl schon die Tintenfische auf dem Tisch. Aber Mama Trulli kochte für gewöhnlich so üppig, dass es für eine ganze Fußballmannschaft reichte. Fabio würde also ganz sicher noch etwas abbekommen, weshalb sich das Mitleid des Kommissars in Grenzen hielt.

„Irgendwie seltsam", brachte Trulli das Gespräch wieder auf den Fall zurück.

„Die Sache mit *ASP* in Forbach? Dass Gesine dort gearbeitet hat?", fragte Simarek zurück.

„No, no, das ist auch eine überraschende Verbindung, aber so was kommt vor."

Simarek wusste, was Fabio meinte. Im Zuge von Ermittlungen kamen oft die seltsamsten Verbindungen ans Licht. Oft waren sie zufällig, manchmal aber auch von Bedeutung und der Schlüssel zur Lösung eines Falles. Wie die Sache hier lag, müsste sich noch zeigen.

„Ich frage mich nur, was haben die Eltern falsch gemacht? Die wirkten doch tutto normale. Geradezu spießig. Aber absolut nett. Wieso wird die Tochter dann so unglücklich?"

„Die haben nichts falsch gemacht. Jedenfalls nicht mehr als andere Eltern. Manchmal laufen die Dinge eben so, wie sie laufen. Da kommt viel zusammen. Das Zuhause natürlich, aber auch die Freunde, die Schule, was weiß ich. Und diese Melancholie ist, glaube ich, sogar angeboren. Kannste nichts machen."

Simarek dachte an seine eigene Kindheit. Auch seine Mutter war sehr melancholisch gewesen. Er erinnerte sich daran, dass sie oft tagelang kaum Interesse für die Außenwelt gezeigt hatte und seltsam verletzt wirkte, ohne dass er sich diesen Zustand erklären konnte. Heute wusste der Kommissar, dass die Medizin des 20. Jahrhunderts das Wort Melancholie durch Depression ersetzt hatte. Er wusste nicht warum, aber Melancholie gefiel ihm irgendwie besser. Es klang menschlicher.

„Aber diese Verbindung zwischen Gesine Mollet und Schmidtbauer ist auffällig. Da werde ich morgen in Forbach einiges zu fragen haben." Der Magen des Kommissars knurrte vernehmlich.

„Hunger?", fragte Fabio.

„Hunger!", antwortete Simarek.

„Komm zu Tisch, kriegst du Fisch", reimte Trulli.

Das war ohne Zweifel als Einladung gedacht. Und bei dem Gedanken an Mama Trullis Kochkünste lief Robert Simarek das Wasser im Munde zusammen. Er mochte die Familie von Fabio, das fröhliche, vielstimmige Geplapper beim Essen. Er wusste, dass er bei den Trullis immer willkommen war und nahm die Einladung gerne an. Ein Mittagessen im Kreise der italienischen Familie würde seine Stimmung erheblich aufhellen.

„Los, halt drauf", wies er seinen Assistenten an. Fast bereute es der Kommissar, seinem Assistenten das Steuer überlassen zu haben. „Sonst hat deine Familie alles aufgegessen, bevor wir da sind." Er wusste, dass das so unwahrscheinlich war wie kein Amen in der Kirche.

•

Der Kommissar war satt, und die Reste der Calamari con Piselli, die jetzt nicht in Simareks Magen, sondern noch in der Schüssel schwammen, hätten immer noch zur Verköstigung einer Handballmannschaft gereicht.

Beim Essen war viel gelacht worden. Papa Trulli hatte ein paar anzügliche Witze gemacht, die Mutter dazu wie üblich unter „Madonna"-Rufen die Augen verdreht. Trulli senior hatte die Runde darüber aufgeklärt, dass man in Italien „Piselli" umgangssprachlich auch für „Pimmel" benutzte. Außer Simarek wusste das natürlich jeder. Aber ein bisschen kultureller Austausch, so meinte Fabios Vater wohl, konnte ja nicht schaden. „Entweder sie übertreiben oder sie untertreiben", dachte der Kommissar, dem sich der Zusammenhang zwischen einer Erbse und einem auch noch so kleinen Gemächt nicht ganz erschloss. Andere Völker, andere Bilder…

Der Fisch jedenfalls war sensationell gewesen, und

der Kommissar hatte die Runde nach zwei Espressi und wortreichen Aufforderungen, möglichst bald wiederzukommen, am späten Nachmittag dann schließlich doch verlassen.

Der Sonntag war für weitere Ermittlungen ohnehin verloren, sie hatten alle Informationen gesammelt, die heute zu haben waren. Die Verbindung zwischen Schmidtbauer und Gesine Mollet war vor Montag nicht zu klären, und auch alle anderen Fragen würden warten müssen. Nur nach der Bemerkung mit dem Hund wollte Simarek seinen Freund Hassdenteufel noch fragen. Sie hatte sich ins Gehirn des Kommissars eingebrannt, denn er wusste, dass solche Bemerkungen meistens unbewusst motiviert waren. Wenn also Hassdenteufel von einem Hund gesprochen hatte, der als Einziger noch ans Telefon der Schmidtbauers gehen könnte, dann musste das einen Grund haben. Vielleicht bestand sogar ein Zusammenhang mit seinem Traum, in dem ja ebenfalls ein schwanzwedelnder Berner Senne vorgekommen war. Schmidtbauer und Hunde... da war doch was. Er kam nicht drauf.

Simarek fuhr direkt von Burbach in sein Viertel, fand sofort einen Parkplatz, was sonst äußerst selten gelang, und beschloss, ein halbes Stündchen auszuruhen. Gegen acht würde Gerd Hassdenteufel sein frommes Handwerk für heute verrichtet haben. Dann wollte Simarek noch einen kleinen Spaziergang machen und an der Kirche vorbeischauen.

Was Evi wohl gerade machte? Er war versucht, sie anzurufen. Aber sie hatte gesagt, sie wolle in Ruhe nachdenken. Er spürte, dass ihm etwas fehlte. Ein- bis zweimal am Tag telefonierten sie sonst, tauschten dabei auch Belanglosigkeiten aus und versicherten sich so gegenseitig, dass sie zusammengehörten. Er brauchte dieses Ritual täglichen Telefonierens. Meistens griff er instinktiv zum Hörer und bemerkte erst, was er getan hatte, wenn sich Evi am anderen Ende der Leitung meldete. Er seufzte. Er wusste, dass oft erst der Verlust einen deutlich erkennen lässt, was man besessen hatte. So weit wollte er es nicht kommen lassen. Verdammt noch mal, wieso zickte Evi plötzlich so rum? Es war doch alles so schön eingespielt... Er ahnte, dass genau dies ein Teil von Evis Problem war. Dachten Männer und Frauen in Beziehungsfragen tatsächlich unterschiedlich? Er hatte nie ernsthaft darüber nachgedacht und hielt die öffentliche Diskussion zu diesem Thema für einen Zeitvertreib gewisser pseudointellektueller Zirkel. Für Simarek war klar: Wenn beide sich bemühen, dann ist das die ideale Situation, in der eine Beziehung gelingt. Sollte er Evi jetzt anrufen und ihr genau das sagen? Besser nicht... im Moment jedenfalls nicht. Vielleicht sollte er sich erst mehr bemühen.

Seine Gedanken ordneten sich. Er hatte begriffen, dass seine Beziehung zu Evi kein Selbstläufer war. Er wusste aber auch, dass er Evi nicht aufgeben wollte. „Du bequemer alter Sack“, dachte Simarek noch. Ab morgen wollte er alles besser machen. Es war nicht das erste Mal, dass er diesen Vorsatz fasste.

Die Turmuhr von St. Johannes schlug achtmal und Simarek schreckte aus seinen Gedanken auf. Er warf sich seine Cordjacke über und verließ die Wohnung in melancholischer Stimmung.

„Komm rein!“ Gerd Hassdenteufel hatte ein Glas Rotwein in der Hand, als er die Türe öffnete.

„Willst du auch?“

„Was gibt’s denn Feines?“

Melancholie und Rotwein. Simarek ahnte, wo das hinführen konnte, wenn er sich nicht beherrschte. Morgen war Montag, eine Pressekonferenz stand an, und der Polizeipräsident würde nicht sehr erfreut sein, sollte der Kommissar nicht alle seine Sinne beisammenhaben.

„Cantina del Mandrolisai. Ein einfacher Vino da tavola.“

Simarek wusste, dass Hassdenteufel ein Weinexperte war. Und wenn er von einem einfachen Vino da tavola sprach, so mochte der Wein zwar ausgesprochen preiswert und besonders alltagstauglich sein, er war aber mit Sicherheit ebenso ausgezeichnet. Gerd Hassdenteufel hatte ein unglaubliches Talent, Spreu von Weizen zu trennen, und das galt nicht nur für Wein.

„Okay, einen“, sagte der Kommissar und fasste den festen Vorsatz, sich tatsächlich auf ein Glas zu beschränken.

„Ich muss dich noch was fragen. Als du mir gestern sagtest, dass Lisette Schmidtbauer seit fünf Jahren tot ist, da hast du so 'ne seltsame Bemerkung gemacht. Du hast gesagt, da könne keiner mehr ans Telefon gehen…"

„…höchstens der Hund", vervollständigte der Pastor den Satz. „Das ist mir hinterher auch aufgefallen! Und ich habe mich natürlich sofort gefragt, wie ich auf den Hund gekommen bin." Hassdenteufel lächelte.

„Und dann ist es mir eingefallen. Ich habe Schmidtbauer schon mal gesehen. Im *Saarbrücker Morgen*. Und zwar mit Hund. Wenn ich mich richtig erinnere, dann betreibt er eine Hundezucht im Bliesgau. Oder jetzt wohl besser: Dort hat er eine Hundezucht betrieben."

Simarek war einmal mehr verblüfft. Er bewunderte das Gedächtnis seines Freundes, der daraus manchmal Dinge zum Vorschein brachte, die ihn dann selbst überraschten.

„Du weißt nicht zufällig, was für Hunde?"

„Nicht genau, aber auf dem Foto damals war neben ihm ein Berner Sennenhund abgebildet. Ich erinnere mich deshalb so genau, weil ich selbst schon mit dem Gedanken gespielt habe, mir einen Sennenhund zuzulegen."

„Bist du so einsam?" Obwohl als Witz gemeint, war dem Kommissar schon, indem er es aussprach, klar, dass Hassdenteufel tatsächlich manchmal einsam sein musste. Oder wenigstens vermutete Simarek das, da seinem Freund Familienfreuden per amtskirchlichem Gebot versagt waren. Andererseits, wusste er wirklich, ob Hassdenteufel nicht außerhalb der Gemeinde ein fröhliches Verhältnis pflegte? Er hatte ihn nie danach gefragt und ahnte, dass er diese Grenze wohl auch besser nicht verletzten sollte.

„Einsamkeit ist nicht mein Problem", antwortete Hassdenteufel und grinste. „Aber so ein Hund will sich bewegen. Ich dagegen bin faul, sollte mich aber auch bewegen, sagt jedenfalls mein Arzt. Mein Blutdruck ist zu hoch. Und wenn ich so einen Hund hätte, müsste ich täglich dreimal raus."

„Aha, und..."

„Berner Sennenhunde sind freundliche, zuverlässige Zeitgenossen. Aber wie du siehst, habe ich das dann doch sein lassen. Ich habe die Freiheit, ohne Familie zu sein. Warum soll ich mir dann einen Hund ans Bein binden? Vielleicht schickt mich Mutter Kirche ja noch mal nach Südamerika."

Simarek und Hassdenteufel hatten schon oft darüber nachgedacht, ob und wie sich ihr jeweiliges Leben verändern könnte. Doch beiden war am Ende ihrer Gespräche immer wieder klar geworden, dass sie es am liebsten so hatten, wie es war. Manche Träume waren dazu da, nie in Erfüllung zu gehen.

„Vielleicht schicken sie dich auch in die Eifel", sagte Simarek, wohl wissend, dass dies für seinen Freund in die Kategorie Albträume gehörte.

Eine Hundezucht hatte Schmidtbauer also auch betrieben. Der Kommissar konnte sich nun auch den Hund in seinem Traum erklären. Vermutlich hatte auch er damals das Bild in der Zeitung gesehen und unterbewusst gespeichert. Er war sich allerdings sicher, selbst nie mit dem Gedanken gespielt zu haben, einen Berner Sennenhund anzuschaffen.

Als Simarek nach zwei Gläsern Rotem – der Vorsatz hatte nicht ganz gehalten – die Wohnung des Pastors verließ, hatte er einen weiteren Anhaltspunkt für die Arbeit des nächsten Tages. Er würde früh aufstehen müssen, um vor der Pressekonferenz noch ein paar Recherchen anzustellen. Die Idee einer Pressekonferenz am Montagmorgen war ohnehin keine gute. Aber das wussten sowohl er als auch der Polizeipräsident, der diese anberaumt hatte. Es gab zu diesem Zeitpunkt der Ermittlungen noch nichts mitzuteilen. Das wussten auch die Journalisten. Dennoch war das rituelle Frage- und Antwortspiel ein unvermeidbarer Teil der Arbeit für beide Seiten.

„Na Süßer, hast du noch was vor?"

Simarek war gerade auf Höhe des Kirchturms angelangt, als eine Frauenstimme ihn von hinten ansprach. Sie hatte einen leichten Akzent, den Simarek aber zunächst nicht einzuordnen vermochte.

„Oder wollen wir beide den Rest des Abends miteinander verbringen?"

Simarek drehte sich um und sah in die dunklen Augen einer jungen Schwarzhaarigen. Sie musste eine der Damen sein, die Hassdenteufel nicht unbedingt vor dem Eingang seiner Kirche sehen wollte.

„Wir werden den Abend nicht miteinander verbringen", antwortete Simarek. „Und Sie sollten sich auch ein anderes Revier suchen. Vor einer Kirche muss das nun wirklich nicht sein."

„Wieso, findest du Vögeln denn nicht himmlisch?"

Simarek war überrascht. Soviel Schlagfertigkeit hatte er nicht erwartet. Er lächelte: „Wie heißen Sie?"

„Anna, und du?"

„Simarek, Robert Simarek, und um es gleich zu sagen, ich bin bei der Polizei."

„Vögeln Polizisten in Deutschland nicht?"

Frech, dachte Simarek. Aber nicht unsympathisch. Im Gegenteil – sehr sympathisch und wunderschön fand er Anna.

Die fragte: „Bist du im Dienst?"

„Polizisten sind immer im Dienst." Das war natürlich eine Plattitüde, davon abgesehen war sie nicht wahr. Aber er dachte daran, dass er seinem Freund, dem Pastor, versprochen hatte, sich um das Problem mit den gewerblichen Damen vor der Kirchentüre zu kümmern.

„Anna, hören Sie zu", fuhr der Kommissar fort. „Der Pastor dieser Kirche hat sich bereits beschwert. Es geht einfach nicht, dass Sie hier vor der Kirche anschaffen."

„Verhaftest du mich jetzt?" Ihr Gesicht verriet ihm, dass sie die Frage für sich schon beantwortet hatte. Und sie hatte Recht. Er würde ihr keine Schwierigkeiten machen.

„Natürlich nicht, aber mein Freund, der Pastor, hat echt ein Problem damit, wenn Sie hier vor seiner Kirche Männer ansprechen."

„Na klar, Liebe predigen, aber sobald Körperflüssigkeiten ins Spiel kommen, ist es vorbei mit dem Verständnis."

„Moment mal, Anna, soweit ich das sehe, verkaufen Sie hier Sex und nicht Liebe."

„Ach, machen Männer in Deutschland da tatsächlich einen Unterschied?"

Sie lächelte ihn an, doch in ihrem Blick lag eindeutig auch eine spöttische Note.

„Jetzt mal im Ernst, Anna, finden Sie denn wirklich kein anderes Revier als ausgerechnet hier vor der Kirchentüre?"

„Jetzt mal im Ernst, Robert Simarek" – sie hatte seinen Namen also tatsächlich registriert –, „die Kirche bietet den Verfolgten Schutz. Sollte sie jedenfalls. Und da ich keine Lust habe, meine Einnahmen an einen dahergelaufenen Zuhälter abzugeben, stehe ich hier. Hier trauen sich die Loddel nämlich nicht hin. Hier ist Sperrgebiet, aber das muss ich dir ja nicht sagen."

„Nein, müssen Sie nicht." Simarek war verblüfft von so viel berechnender Strategie. Diese Anna war schon eine beeindruckende Frau. Simarek hatte bislang wenig Kontakt zum Rotlichtmilieu gehabt. Er selbst kannte den Impuls nicht, für die schnelle Befriedigung eine sexuelle Dienstleistung einkaufen zu wollen. Er wusste, dass er da unter den Männern wohl eher eine Ausnahme darstellte. Aber diese Anna fand er faszinierend. Als Frau, nicht als Nutte, wie er sich in Gedanken sogleich selbst rechtfertigte.

„Wo kommen Sie her? Sie haben einen Akzent."

„Lettland“, sagte Anna kurz.

„Und stehen außer Ihnen noch weitere Frauen hier?“

„Heute nicht. Und sonst auch nur meine Freundin Monique. Die ist aus Forbach. Wir teilen uns diesen Vorhof zum Paradies.“ Simarek musste lachen. Genauso hatte er den Kirchplatz auch kürzlich genannt. Diese Frau hatte Humor und er heute Abend keine Lust, das Problem des Pastors zu lösen. Morgen war schließlich auch noch ein Tag, oder übermorgen.

„Gute Nacht, Anna“, sagte der Kommissar und ging beschwingt seines Weges. Seine Melancholie war verflogen.

Montag, 14. Oktober 2002

•

Vierundneunzigeinhalb! Lange hatte er es vermieden, morgens auf die Waage zu steigen. Der andauernde Kampf gegen die Wampe war einfach nicht zu gewinnen. Seit Monaten pendelte sein Gewicht um die fünfundneunzig, mal ein bisschen mehr, mal geringfügig weniger. Für seine Größe von einsachtundsiebzig war das auf jeden Fall zu viel. Viel zu viel. Und auch die Größe war vielleicht gemogelt. War er wirklich einsachtundsiebzig, wie in seinem Personalausweis stand? Oder hatte er – wie fast jeder – seiner Länge einen Bonuszentimeter hinzugefügt? Er wusste es nicht mehr. Egal. Ein Gewicht um die fünfundneunzig bedeutete einen Body-Mass-Index von fast dreißig. Zu viel, wie ihm auch Evi immer wieder sagte. Sie hatte ihm empfohlen, eine sprechende Waage anzuschaffen. Damit er nicht immer so angestrengt über seinen Bauch hinweg auf das Display schauen musste. Aber sein Gewicht jeden Morgen auch noch in Kilos und Gramm hören zu müssen, wollte Simarek sich nun doch nicht zumuten. Und was wäre, wenn die Waage eines Tages ertönen würde: „Immer nur eine Person, bitte!"?

Frisch rasiert verließ der Kommissar seine Wohnung, nahm unterwegs noch Kaffee und Croissant in *Pits Petit Bistro* zu sich und begrüßte, als er um Punkt acht Uhr das Büro betrat, relativ gut gelaunt seinen Assistenten Fabio.

„Moin Cheffe – alles roger in Kambodscha?", antwortete Fabio und Simarek verdrehte die Augen. Eine solche Begrüßung ließ für den Tag auf viel Gereimtes schließen. Um nicht gleich eine weitere Vorlage zu geben, verkniff sich der Kommissar ein „Alles in Butter in Kalkutta". Altpeter hatte einmal so geantwortet und Fabio dieses zum Anlass genommen, gleich eine weitere Kanonade ähnlich schlauer Sprüche abzufeuern. Das galt es so früh am Morgen unbedingt zu verhindern. Simarek wechselte ins Dienstliche.

„Gibt's was Neues?"

„Nö, nur die PK um zehn – da müssen wir hingehn!"

„Fabio", knurrte der Kommissar, „es ist früh am Morgen. Wir haben viel Arbeit, also quäl mich nicht. Wo ist eigentlich Irene?" Irene Schneider war die Sekretärin der Abteilung, eine Tochter russlanddeutscher Einwanderer mit einem Freund im Innenministerium. Das war zuweilen sehr praktisch, denn Irene nutzte diesen Kontakt ab und an, um ihrem Chef Informationen zu besorgen, an die er sonst nicht so einfach gelangen würde.

„Mensch, Comissario, du hast ein Gedächtnis wie ein Sieb. Irene ist auf Fortbildung. Recherchieren im Internet, um uns effektiver unterstützen zu können."

„Na prima", dachte Simarek, „Irene zur Fortbildung

und Altpeter krank." Die Woche versprach heiter zu werden. Immerhin sollte ja der neue Kollege im Laufe des Vormittags zur Abteilung hinzustoßen. Vielleicht konnte man den ja mit ein paar leichten Rechercheaufgaben betrauen.

„Michelle Huppert."

„Hier ist Robert."

„Aaah, der Herr Kommissar aus Sarrebruck."

Michelle Huppert war Kommissarin in Forbach. Simarek kannte sie nur flüchtig. Erst zweimal hatte es Simarek mit grenzüberschreitenden Fällen zu tun gehabt. Und Michelle hatte sich dabei als gute und kooperationsbereite Kollegin gezeigt. Sie schien eine unkomplizierte Frau zu sein. Und sie sprach hervorragendes Deutsch. Simareks Französisch hingegen war eine Katastrophe. Damit stand er unter seinen Kollegen aber nicht allein da. Denn die meisten grenznahen Lothringer sprachen sehr gut Deutsch und hielten die Sprache unter sich lebendig. Aber umgekehrt taten sich viele aus Simareks Kommissariat mit dem Französischen schwer. Der Kommissar schmunzelte manchmal darüber, dass man im Rest der Republik offenbar davon ausging, dass es im Saarland eine besondere Sprachkompetenz für das Französische gibt. Nach seinen Erfahrungen war das ein Mythos. Jedenfalls was den Alltag betraf. Und die Lothringer wussten ihr Mehr an Sprachkompetenz auch auszunutzen. Simarek hatte einmal gehört, wie sich die

Reinigungskräfte des Kommissariats, alles Frauen einer lothringischen Firma, während der Arbeit auf Deutsch unterhalten hatten. Sobald er das Büro betrat, wechselten sie nahtlos ins Französische. „Sprache ist Macht“, hatte Simarek damals gedacht und beschlossen, sein Französisch aufzubessern. Wie so oft war es beim Vorsatz geblieben. Zum Bestellen von vier Bier, zwei Croissants und drei Baguettes reichte es immerhin.

Simarek hatte Michelle Huppert schnell über die vorliegende Sachlage in Kenntnis gesetzt und ihr die wesentlichen Ergebnisse seiner sonntäglichen Recherchen mitgeteilt.

„Okay, Robert. Ich erwarte dich dann gegen elf bei uns. Wir fahren dann zusammen zu *ASP*. Schön, dich mal wieder zu sehen. Ich freu mich!“ Das „ich“ hatte bei Michelle dabei einen leichten Klang zum „sch“ hin.

Charmant, dachte Simarek und legte auf. Die notwendige Kooperation mit der französischen Seite würde funktionieren. Er hatte es nicht anders erwartet.

Die Pressekonferenz war schnell vorüber. Es gab nichts zu berichten, und von der schreibenden Zunft war sogar nur ein Journalist gekommen, der eine Notiz für ein paar Blätter in Rheinland-Pfalz schreiben wollte. Der Saarbrücker Morgen erschien ja zurzeit nicht. Aber auch die Kollegen von Hörfunk und Fernsehen sahen schnell ein, dass heute bei Simarek und seinen Kollegen nichts zu holen war. Der Name des Toten wurde bestätigt, und nein, derzeit wisse man noch nichts über die Zusammenhänge und mögliche Motive. Eine heiße Spur fehle noch, man stehe ja erst am Anfang der Ermittlungen. Das Übliche. Dass es hier eine Spur nach Köln gab mit einer weiteren Toten, verschwieg Simarek. Dem Polizeipräsidenten hatte er dies natürlich zuvor bei der Lagebesprechung mit dem Team gesagt. Und er war froh gewesen, als dieser entschied, der Presse gegenüber nichts zu erwähnen. Das war gut für die Ermittlungen und es war gut, dass es die Idee des Polizeipräsidenten gewesen war. Denn das garantierte, dass sich für eine gewisse Zeit alle in der Dienststelle daran hielten, einschließlich Duchene. Und so wurde fürs Erste auch ausgeschlossen, dass die Mollets in Saarlouis unliebsamen Besuch von der Boulevardpresse erhielten. Simarek hoffte insgeheim, dies bliebe Gesines Eltern auch in Zukunft erspart.

•

Simarek steuerte seinen Peugeot auf der alten Landstraße über den Spicherer Berg nach Frankreich. Das war zwar nicht der schnellste Weg zu seiner Kollegin Michelle, aber der Kommissar mochte die Strecke, besonders jetzt, da sich die Bäume schon in herbstlichen Farben präsentierten. Außerdem saß Simarek gerne auf der Terrasse des Gasthauses auf den Spicherer Höhen, die für Deutsche und Franzosen ein gleichermaßen beliebtes Ausflugsziel war. Hier trank er einen schnellen Espresso und rauchte einen Zigarillo; er würde deshalb ein paar Minuten später in Forbach ankommen.

Simarek genoss den Augenblick an diesem idyllischen Ort, doch wer genau hinsah, bemerkte, dass die Spicherer Höhen nicht immer so friedlich gewesen waren. Hier hatten die beiden Grenznachbarn lange Zeit erbittert ihre Feindschaft ausgetragen. Auch der Krieg von 1870 hatte hier begonnen. Im weiten Umkreis fanden sich zahlreiche Denkmäler und Gräber für gefallene Soldaten beider Seiten. Auch im beginnenden 21. Jahrhundert waren noch nicht alle Ressentiments zwischen Deutschen und Franzosen diesseits und jenseits der Grenze überwunden, aber Simarek fand doch, dass es Fortschritte gab, eine Erkenntnis, die ihn hoffnungsfroh stimmte, sobald er die Grenze überquerte.

Fabio war in Saarbrücken geblieben, denn statt des versprochenen neuen Kollegen war am Morgen nur ein Fax eingegangen mit der lapidaren Mitteilung, dass dieser noch für mindestens eine Woche in einer anderen Dienststelle gebraucht werde. Deshalb musste Trulli Innendienst schieben und unter anderem für Simarek einen Termin mit Gesines Psychologin für den Nachmittag vereinbaren und die Hundezucht von Schmidtbauer ausfindig machen. Außerdem sollte Fabio in alten Artikeln des *Saarbrücker Morgen* recherchieren, ob sie Hinweise auf mögliche Feinde Schmidtbauers enthielten.

Die Uhr des Peugeot zeigte 11:45, als Simarek zusammen mit Michelle Huppert bei *ASP Internationale* vorfuhr. Gemeinsam schritten sie nun die Stufen zu dem großen Gebäudekomplex hinauf, der am Stadtrand auf einer leichten Anhöhe lag. Bei *ASP* hatte sich die Nachricht vom Tod des Besitzers offenbar schon verbreitet, denn am Empfang zeigte sich der Pförtner nicht verwundert, als sich Simarek und Huppert als Polizisten auswiesen. Der Pförtner wählte eine Nummer und nach ein paar Minuten erschien eine gestylte blonde Sekretärin, die die beiden Ermittler in einen Konferenzraum führte, in dem die führenden Köpfe von *ASP* sie bereits erwarteten.

„Ich bin Pierre Duvall, Bilanzbuchhalter und Prokurist der *ASP*“, stellte sich ein hagerer Mann mit spitzer Nase und schlohweißem Haar vor, der Ende fünfzig sein mochte. „Neben mir, das sind Emilie Schrader, die Chefsekretärin von Herrn Schmidtbauer, Wolfgang Bergmann, unser Fertigungsleiter, und Jacques Pirrot, der Personalchef. Sie hören bereits an unseren Namen, dass wir ein echt deutsch-französisches Unternehmen sind. Die Nachricht vom Tod unseres Eigentümers und Geschäftsführers macht uns natürlich alle sehr betroffen. Mittlerweile hat sich die Nachricht bei unseren Mitarbeitern wie ein Lauffeuer verbreitet. Nun ja, die Maschinen stehen ja auch derzeit still.

Aber das wissen Sie ja, denke ich", beendete Duvall seinen Satz, der Simarek gut vorbereitet erschien. Vermutlich hatte ein Mitarbeiter von *ASP* vom Tod Schmidtbauers in den Radionachrichten gehört und so hatte der Betrieb rund zwei Stunden Zeit gehabt, sich auf den erwarteten Besuch der Polizei einzustellen. Da mit Simarek die deutsche Polizei anwesend war, sprach man aufgrund einer unausgesprochenen Vereinbarung gleich zu Beginn deutsch, auch wenn wohl jeder im Raum, außer Simarek natürlich, ins fließende Französisch hätte wechseln können.

Simarek fragte: „Ist Ihnen an Alfons Schmidtbauer in letzter Zeit etwas aufgefallen? War er verändert?"

Eine Frage, die zur Routine gehörte und die in der Regel nichts einbrachte. Das wusste der Kommissar. Selten kündigten sich Gewaltverbrechen durch äußerlich sichtbare Zeichen an, und meistens waren die Menschen im Umfeld des Ermordeten im Nachhinein sehr überrascht. Die Runde blickte sich an und Emilie Schrader antwortete zuerst.

„Herr Schmidtbauer war wie immer. Als er am Freitag ging, sagte er: ‚Ein schönes Wochenende, Frau Schrader, und treiben Sie es nicht zu dolle'. Und dann war er – wie immer – um kurz nach vier aus dem Haus." Emilie Schrader sah eigentlich nicht so aus, als würde sie irgendetwas in ihrem Leben besonders „dolle" treiben. Sie hatte in der Firma bestimmt das Image einer grauen Maus. Dabei wirkte sie aber sehr korrekt mit ihrer hochgeschlossenen weißen Bluse. Zusammenfassend stellte sie fest: „Da war nichts Ungewöhnliches dabei. Selbst den Spruch brachte er an jedem Freitag. Und jetzt ist er tot, kaum zu fassen.“ Eine Floskel, Simarek hörte das sofort.

„Wie war er denn so, der Herr Schmidtbauer? Ich meine, was für ein Mensch war er?“

„Korrekt, überaus korrekt.“ Die Antwort von Wolfgang Bergmann kam schnell, etwas zu schnell für Simareks Geschmack, so als sei auch diese Frage erwartet und die Antwort bereits im Kreise der erweiterten Geschäftsleitung beschlossen worden.

„Was meinen Sie mit überaus korrekt?“, hakte Simarek nach, wobei er das „überaus“ überaus betonte.

„Nun“, antwortete Jacques Pirrot, anscheinend war auch die Verteilung der Wortbeiträge abgesprochen worden und jeder sollte mal. „Nun, in geschäftlichen Dingen war Herr Schmidtbauer ganz klar der Chef. Sowohl bei wirtschaftlichen als auch bei Personalentscheidungen. Herr Schmidtbauer behielt sich immer das letzte Wort vor. Bei einem Betrieb unserer Größe ist das durchaus noch möglich, und Herr Schmidtbauer war ein Chef alten Stils.“

„Aber immer überaus korrekt – auch zu uns Mitarbeitern“, ergänzte jetzt Bergmann. „Ich meine, er war nicht besonders umgänglich, und ein persönliches Wort habe ich nie mit ihm gesprochen. Aber was die Führung des Betriebs angeht, da wussten wir, was wir an ihm haben.“

„Also hier im Betrieb gibt es niemanden, der etwas gegen Schmidtbauer hatte?“, hakte Simarek nach – Michelle Huppert hatte beschlossen, sich im Hintergrund zu halten. Bisher sah es nicht so aus, als würde der Fall Schmidtbauer ihrer werden.

„Nicht, dass wir wüssten." Pierre Duvall hatte wohl entschieden, er könne hier eine kollektive Antwort wagen, vermutlich um das Gespräch abzukürzen.

„Wenn Sie nach Feinden von Herrn Schmidtbauer suchen, dann wohl eher außerhalb von *ASP Internationale*. Konkurrenz gibt es ja bekanntlich genug, und in Saarbrücken sind einige ganz und gar nicht glücklich darüber, dass der *Saarbrücker Morgen* jetzt in Forbach gedruckt wird, auch wenn wir einen Großteil der Belegschaft aus der Saarbrücker Druckerei übernommen haben."

Simarek war es eigentlich egal, wo die Tageszeitung gedruckt wurde. Dennoch konnte er den Gedankengang Duvalls nachvollziehen. Irgendjemand, der Job oder gar Existenz verloren hatte, kam als Mörder von Schmidtbauer durchaus in Frage. Dagegen sprach natürlich eindeutig, dass die Leiche des Unternehmers so auffällig drapiert worden war. Das sah für Simarek nach einer klaren Botschaft aus. Dieser zu folgen, erschien ihm vielversprechender als die Suche nach Feinden im Umfeld von *ASP Internationale*. Aber das behielt der Kommissar für sich. Stattdessen wechselte er unvermittelt das Thema. „Sagen Sie, warum hat Gesine Mollet bei *ASP* eigentlich damals gekündigt?"

Simarek spürte die Verunsicherung im Raum sofort. Offenbar hatte seine Frage ins Schwarze getroffen, ohne dass er wusste, warum. Besonders die ohnehin bleiche

Emilie Schrader war noch ein bisschen bleicher geworden.

„Wie kommen Sie jetzt auf Frau Mollet?“, bemühte sich Duvall um Fassung.

„Ich folge einem Hinweis“, bemerkte Simarek kurz, weil er sich noch nicht in die Karten schauen lassen wollte. „Also, warum hat Gesine Mollet gekündigt?“

„Ich nehme an, sie wollte sich verändern“, sagte der Personalchef, doch Simarek merkte Jacques Pirrot an, dass ihm unwohl war. Dennoch unterbrach er diesen nicht.

„Frau Mollet hat ihren Vertrag ohne Angabe von Gründen gekündigt. Sie hat auch ein Gespräch mit mir abgelehnt, oder genauer, sie hat auf mein Gesprächsangebot auf ihrem Anrufbeantworter nicht reagiert. Die Kündigung kam schriftlich, danach war sie für uns nicht mehr zu erreichen. Ich habe dann noch mit Herrn Schmidtbauer gesprochen…“

Pirrot brach jäh ab, als er den warnenden Blick von Duvall bemerkte.

„Ja bitte?“, ermunterte Simarek Pirrot, weiterzusprechen.

„Na ja, Herr Schmidtbauer gab dann die Anweisung, ich solle mich nicht weiter bemühen. Daran habe ich mich gehalten.“

„Welche Aufgabe hatte Gesine Mollet denn in Ihrer Firma?“ fragte Michelle Huppert und als Simarek die Antwort hörte, war er sofort dankbar, dass die französische Kollegin ihn begleitet hatte.

„Frau Mollet war die persönliche Assistentin von Herrn Schmidtbauer", antwortete Emilie Schrader.

•

„Man konnte es riechen", sagte Michelle Huppert, als sie und Simarek wieder im Auto saßen. „Da war was, und keiner will drüber sprechen. Und jetzt sind beide tot."

„Sie war die persönliche Assistentin von Schmidtbauer", dachte Simarek laut nach. „Das heißt, es muss ein Vertrauensverhältnis bestanden haben zwischen Gesine Mollet und ihrem Chef."

„Ja, nur wie weit ging das? Wie vertraut waren sie? Und warum kündigt sie dann Hals über Kopf?" Wenn Michelle Huppert ‚als über Kopf' sagte, klang das besonders charmant.

„Vielleicht hatte sie was mit ihrem Chef. Kommt ja vor, so etwas. Und dann wollte sie sich plötzlich verändern", meinte Simarek. Ihm war klar, wie er das Schweigen der *ASP*-Führungsetage zu deuten hatte. Wenn es tatsächlich eine Beziehung zwischen Gesine Mollet und Schmidtbauer gegeben hatte, dann war diese vielleicht nicht ganz unproblematisch gewesen.

„Und jetzt sind beide tot", zitierte Simarek seine französische Kollegin nachdenklich. „Aber er liegt tot und mit nacktem Arsch nach oben am Saarufer, und sie nimmt sich zweihundertfünfzig Kilometer weiter nordwestlich in einer Nobelabsteige das Leben. Wie passt das zusammen?"

„Ich 'abe keine Ahnung", sagte Michelle.

Mit zwei Küsschen links und rechts verabschiedeten sich Simarek und Michelle und verabredeten, in Kontakt zu bleiben. Es war klar, dass der Kommissar *ASP Internationale* ein weiteres Mal würde besuchen müssen. Vielleicht konnte er ja beim nächsten Mal etwas mehr Informationen aus den Mitarbeitern von Alfons Schmidtbauer herauskitzeln. Fürs Erste hatte er wenigstens seine Visitenkarte hinterlassen mit dem in Fernsehkrimis so erfolgversprechenden Hinweis: „Wenn Ihnen noch etwas einfällt, dann rufen Sie mich an."

„Hier ist Emilie Schrader." Simarek war kaum zurück im Kommissariat gewesen, da hatte das Telefon geklingelt. Und Simarek war gelinde überrascht, die Chefsekretärin von Alfons Schmidtbauer in der Leitung zu haben. Sollte der alte Spruch mit der Visitenkarte tatsächlich gezogen haben?

„Ist Ihnen noch etwas eingefallen?", fragte Simarek und hoffte, dass er den ironischen Unterton dabei verbergen konnte.

„Es gab Gerüchte."

„Was für Gerüchte?"

„Über das Verhältnis zwischen dem Chef und Gesine Mollet. Dass da mehr war als rein Dienstliches. Aber offensichtlich war das nicht."

„Sie meinen, weder Herr Schmidtbauer noch Frau

Mollet haben das an die große Glocke gehängt? Sie blieben diskret?"

„Ja. Aber trotzdem waren an Gesine Mollet Veränderungen spürbar. Nun ja, eine Stimmungskanone war sie nie, dem Betriebsfest blieb sie grundsätzlich fern, und ich fand sie eigentlich immer ein bisschen seltsam..."

„Aber?", hakte der Kommissar nach.

„Aber mir kam es fast so vor, als sei Frau Mollet vor ihrer Kündigung noch trauriger gewesen. Und sie schien mir irgendwie unter Druck zu stehen. Das ist natürlich jetzt auch schon sehr lange her, aber meine Erinnerung an ihren Gesichtsausdruck ist trotzdem noch sehr frisch. Sie hatte so etwas Zerbrechliches, Leidendes. So als trüge sie das Kreuz der Welt."

„Ich denke, ich weiß, was Sie meinen." Der Kommissar erinnerte sich an seinen Besuch bei Gesines Eltern.

„Ich glaube, es gibt so Menschen", fuhr die Chefsekretärin fort, „die sind nicht dafür gemacht, glücklich zu sein. Und ich glaube, Frau Mollet war nicht dafür gemacht. Ich habe sie sehr gemocht, aber sie hat mir auch immer leidgetan."

„Und was hat Sie jetzt bewogen, mich anzurufen?"

„Nun, Sie haben ja gemerkt, dass wir auf Betriebsdisziplin großen Wert legen. Das war Herrn Schmidtbauer immer sehr wichtig. Und ich kann auch nicht wirklich konkreter werden. Denn es gab nur diese Gerüchte. Aber ich fand es schon merkwürdig, dass Herr Schmidtbauer nicht wollte, dass der Personalchef sich weiter um Frau Mollet bemüht. Da muss irgendwas zwischen dem Chef und seiner Assistentin vorgefallen sein."

„Darf ich Sie etwas Persönliches fragen?"

Simarek deutete das Schweigen am anderen Ende der Leitung als Zustimmung. „Mochten Sie Ihren Chef?"

„N...ein."

Die Antwort kam zögerlich, war aber dennoch bestimmt. Emilie Schrader hatte gewusst, was sie tat, als sie Simarek anrief. „Ich mochte ihn nicht. Wir sind uns nie besonders nahegekommen, und ich bin froh darüber. Ich glaube, er war ein roher Mensch, der tagsüber im Büro eine Maske trug. Die machte ihn zwar nicht sympathisch, ließ ihn aber bürgerlich normal erscheinen. Aber auch wenn in der Firma an der Oberfläche immer alles korrekt verlief, es gab Vorfälle, da hat er auch sein anderes Wesen erkennen lassen. Er soll einzelne Mitarbeiter bedroht haben. Und ich denke, er war es gewohnt, sich zu nehmen, was er wollte."

„Wen hat er bedroht?"

„Herr Simarek, auch das sind nur Gerüchte, ich reime mir da einiges zusammen, denn in der Firma wird über solche Dinge nicht gesprochen. Wir mögen kein Gerede. Das ist Hauspolitik. Aber zwischen dem Chef und Herrn Bergmann hat es erst vor einer Woche eine heftige Auseinandersetzung gegeben. Das konnte ich durch die geschlossene Bürotüre hören. Natürlich nicht, was gesprochen wurde, aber dass laut gesprochen wurde, das war zu hören. Und als Herr Bergmann das Büro verließ, hatte er einen hochroten Kopf."

„Sie meinen, er könnte einen Grund gehabt haben, Schmidtbauer umzubringen?"

Der Kommissar wusste intuitiv, dass Emilie Schrader diesen Zusammenhang keinesfalls herstellen wollte und gab ihr so die Chance, vehement zu widersprechen.

„Um Gottes Willen, nein! Wolfgang ist ein weicher Mensch. Er ist ein Grübler und Zweifler. Aber doch keiner, der einen anderen tötet."

„Wolfgang?" Simarek hatte sehr genau hingehört. Unter der Fassade betriebspolitischer Korrektheit gab es also auch bei *ASP* menschliche Kontakte unter einzelnen Mitarbeitern. „Wie gut kennen Sie Herrn Bergmann, Frau Schrader?" Simarek hörte die gar nicht mehr so graue Maus am anderen Ende der Leitung etwas erröten.

„Kann das unter uns bleiben?"

„So lange es für die Ermittlung nicht von Bedeutung ist, selbstverständlich. Und wenn Herr Bergmann mit dem Tod von Alfons Schmidtbauer nichts zu tun hat, dann verspreche ich, wird Ihre Beziehung zu ihm nicht von Bedeutung sein."

„Gut, wir hatten mal ein kurzes Techtelmechtel, wie man so sagt. Aber Wolfgang ist glücklich verheiratet und hat zwei Kinder. Uns ist schnell klar geworden, dass wir am besten einfach Freunde sind, mehr nicht."

„Und da hat er Ihnen nicht gesagt, um was es bei dem Streit mit Schmidtbauer ging?"

„Dazu war er an dem Tag viel zu aufgeregt. Er ist wie ein Verrückter aus dem Büro gerauscht. Das war am Freitag vor einer Woche. Und seitdem hat er Urlaub. Ich habe ihn nicht gesehen und nicht gesprochen bis heute morgen. Er war nur da, weil Duvall ihn angerufen hatte. Und ehrlich gesagt, nachdem Herr Schmidtbauer nun tot ist, wollte ich das Thema lieber nicht ansprechen."

„Das finde ich sehr umsichtig von Ihnen", sagte Simarek. „Sie werden verstehen, dass ich trotzdem mit Herrn Bergmann sprechen muss. Ich werde das diskret tun. Darf ich ihm sagen, worüber wir gesprochen haben?"

„Selbstverständlich. Wolfgang wird verstehen, dass ich mit Ihnen sprechen musste. Und er wird nicht der Einzige sein, mit dem unser Chef so umgesprungen ist."

„Sie meinen, Feinde könnte es genug geben und nicht nur außerhalb von *ASP*, wie Ihr Prokurist behauptet hat?"

„Das meine ich, und auch Herr Duvall wird dem zustimmen, wenn er darüber mal zwei Minuten nachdenkt."

Das Gespräch war beendet und Simarek überrascht, wie offen Emilie Schrader mit ihm gesprochen hatte. Er würde ihr Geheimnis hüten.

•

„Und, was hast du rausbekommen?“

„An Blies und Saar ist jedem klar, dass Alfons so beliebt nicht war“, paarreimte Fabio und Simarek begann, künstlich zu hyperventilieren. Fabio verstand sofort und fasste die Fakten zusammen.

„Schmidtbauer hatte wohl tatsächlich nicht viele Freunde. Im Archiv des *Saarbrücker Morgens* wimmelt es nur so von Artikeln, in denen sich Menschen über den *ASP*-Chef echauffieren. Da geht es aber vor allem darum, dass er saarländischen Unternehmern von Forbach aus Konkurrenz machte und mit seinen verbilligten Druckverfahren den Markt an sich zog. Das galt übrigens nicht nur für die Zeitung, sondern auch für kleinere Druckerzeugnisse. Gewerkschaften wetterten gegen die Vernichtung saarländischer Arbeitsplätze. Und auch aus der Politik gab es Spitzen gegen Schmidtbauer.“

„Das klingt aber alles nach dem ganz normalen Wahnsinn aktueller Tagespolitik. Außerdem hat *ASP* doch Leute aus Saarbrücken nach Forbach übernommen. Wenn grenzüberschreitendes Handeln nicht selbstverständlich wird, dann wird das mit der EU doch nie was.“

„Ja schon, aber *ASP* hat die günstigen Preise natürlich auch nur, weil radikal rationalisiert wird. Maschinen statt Menschen, Commissario.“

„Auch das ist nichts Außergewöhnliches.“ Der Kommissar wollte unbedingt einen politischen Diskurs mit seinem Assistenten vermeiden. Er war der Meinung, dass sich die zunehmende arbeitsplatzfressende Entwicklung durch digitale Technisierung nicht aufhalten lassen würde. Sein Job war dagegen relativ krisensicher. Der Robocop würde wohl vor Simareks Pensionierung nicht Wirklichkeit werden.

„Fabio, ich sehe hier nirgendwo einen Ansatz. Natürlich hatte Schmidtbauer Gegner. Da ging es ihm nicht anders als anderen Wirtschaftsbossen und Politikern. Aber so wie der Fall liegt und vor allem die Leiche lag, riecht das doch ganz klar nach einer persönlichen Angelegenheit. Hast du was über die Hundezucht rausbekommen?"

„Si, si! Ging ein komischer Typ ran. ‚Marius' hat er sich gemeldet und schien mir nicht der Hellste zu sein. Wusste schon, dass Schmidtbauer das Zeitliche gesegnet hat. Schien aber nicht so sehr betroffen oder eher gar nicht interessiert. Ich habe gesagt, wir kämen mal vorbei. Wann, habe ich offen gelassen."

„Prima, das scheint mir im Moment auch nicht die wichtigste Spur zu sein, der wir folgen müssen. Allein im Umfeld von *ASP* gibt es Hinweise, die wohl wichtiger sind. Habe ich einen Termin bei dieser Psychologin, wie heißt sie noch mal?"

„Simone Richter. Und ja. Du sollst gegen sechzehn Uhr da sein. Sie sagt, dann hat sie keine Patienten mehr."

„Na, das ist prima. Dann kann ich vorher ja noch die Ergebnisse unserer Spurensicherung abrufen, und nachher erzähle ich dir noch, was ich rausbekommen habe."

„Si, si, Herr Kommissar, na dann ist ja…" Den vorhersehbaren und geklauten Reim hörte Simarek nicht mehr, weil er gerade noch rechtzeitig die Tür zu seinem Büro hinter sich ins Schloss geworfen hatte.

Er wollte gerade zum Hörer greifen, da klingelte das Telefon auch schon. „Simarek?“

„Minze. Frische Minze.“

„Wie bitte?“

„Und Seifenreste unter einem Fingernagel.“

Mittlerweile hatte Simarek den Anrufer erkannt. Es war Tom Laux, der Leiter der Spurensicherung, im Gegensatz zu Simarek ein sportlicher Typ Anfang vierzig. Jeder wusste, dass Laux über einen direkten Draht zum Polizeipräsidenten verfügte. Deshalb trauten ihm einige der Kollegen nicht über den Weg.

Bei Simarek war das anders. Zwar wusste er um die Karriereambitionen von Laux, der oberste Spurensicherer stellte wohl deshalb die Erfolge seiner Abteilung immer wieder gerne als seine persönlichen heraus, dennoch sah Simarek in ihm einen freundlichen und in der Regel fairen Zeitgenossen. Vor allem schätzte der Kommissar, dass Laux es immer sportlich nahm, wenn Simarek mal wieder vor ihm am Tatort war.

„Also Tom, noch mal zum Mitschreiben. Minze und Seife? Was soll der Quatsch?“

„Wir haben die Handflächen der Leiche sofort am Tatort mit der Klebeband-Methode untersucht. Dabei haben wir dann an der linken Hand ein Minzeblatt gefunden. Das hast du offenbar übersehen.“

„Ich?“

„Na, ich dachte, als du der Leiche den – ich vermute mal – Ehering abgezogen hast. Ich glaube nämlich nicht, dass unser *ASP*-Chef den vorher am Saarufer verloren hat.“

„Ähm.“ Simarek wusste, dass er jetzt besser nichts zu seiner Verteidigung sagen sollte. Bislang schien Tom Laux den Eingriff des Kommissars in den Arbeitsbereich der Spurensicherung nicht zum Anlass zu nehmen, einen Streit vom Zaun zu brechen.

„Ich nehme an, der Ring hat bei der schnellen Identifizierung des Toten geholfen?“, fragte Laux.

„Hat er“, sagte Simarek und war froh, dass Tom Laux das Thema damit auf sich beruhen ließ.

„Und wie gesagt, Seifenreste unter einem Fingernagel. Wir hatten seine Händchen natürlich nach unserer Spezialbehandlung gleich am Tatort noch in Plastiktüten gepackt und dann bei Fischmayr auf dem Tisch noch mal etwas Maniküre betrieben.“

„Hast du eine Idee, was der Fund bedeutet?“

„Dass Schmidtbauer ein reinlicher Mensch war. Jedenfalls gehen wir davon aus, dass er nackt war, als er das tödliche Gift eingeatmet hat. Er ist nicht etwa hinterher entkleidet worden, um ihn bloßzustellen.“

„Du meinst, die Drapierung der Leiche ist Zufall?“

„Nein, aber Schmidtbauer ist seinem Mörder sehr entgegengekommen, indem er sich selbst ausgezogen hat. Sonst hätten wir Spuren gefunden. Aber diese Leiche hat uns nicht viel Arbeit gemacht, weil da nichts war.

Außer eben einem Minzeblatt und dem Rest Seife. Du kannst davon ausgehen, dass der Täter selbst keine Spuren hinterlassen wollte. Darauf hat er jedenfalls beim Transport der Leiche sehr geachtet. Keine Fasern, nichts! Es scheint fast so, als hätte er einen unserer speziellen Papieranzüge getragen. Kannst du ja jetzt auch schon im Internet kaufen, die Dinger."

Das scheint langsam in Mode zu kommen, dachte Simarek. In letzter Zeit häuften sich die Fälle, in denen Täter Spezialkleidung trugen, um keine Spuren zu hinterlassen. Fernsehsendungen wie *CSI* und der *Tatort* waren für Täter offenbar von erheblichem Informationswert bei der Planung eines perfekten Verbrechens. Der Kommissar war zwar nach wie vor davon überzeugt, dass es perfekte Verbrechen nicht gab und ein Täter immer Fehler machte. Diese aber zu finden, war in den letzten Jahren schwieriger geworden. Auch die Polizei musste bei ihrer Arbeit ihre Methoden immer weiter entwickeln.

„Habt ihr schon eine Ahnung, wie die Leiche transportiert worden ist?", fragte Simarek.

„Nein, zu der Fundstelle führen asphaltierte Wege. Da ist spurentechnisch wenig zu machen. Unser Team ist gerade noch dabei, umliegende Parkplätze zu untersuchen. Aber da mach dir mal wenig Hoffnung, dass da Verwertbares rauskommt. Das Gleiche gilt auch für die Wohnung von Schmidtbauer. Da waren wir heute Morgen. Alles sehr aufgeräumt dort. Kein Hinweis auf ungebetene Besucher oder Ähnliches."

Für kurze Zeit war es still in der Leitung.

„Ach, Robert…", Laux wollte offenbar noch etwas loswerden. „Schickst du uns den Ring dann bitte noch? Vielleicht finden wir ja noch was. Ich nehme an, du hast ihn mit einem Taschentuch abgezogen und in einen Plastikbeutel gesteckt. Sollten wir also Fasern von dir finden, werden wir von einer Verhaftung ausnahmsweise absehen." Damit hatte Laux das Gespräch beendet, ohne dass Simarek noch etwas erwidern konnte. Ein kleiner Sieg, den der Kommissar seinem Kollegen gönnte. Er wusste, was er an Tom Laux hatte.

Diesmal wählte Simarek.

„Fischmayr."

„Nur eine Frage, Herr Doktor. Können Sie sich das Minzeblatt erklären, das die Spurensicherung bei Schmidtbauer gefunden hat?"

„Na, vermutlich war sein letzter Drink damit dekoriert. Der Mageninhalt jedenfalls ließ auf reichlich Flüssigkeit schließen, die das Opfer kurz vor seinem Tod zu sich genommen hat."

„Aha, und warum hat er so viel getrunken?"

Fischmayr schien irritiert.

„Weil er Durst hatte?"

Nun war Simarek irritiert. Den Mageninhalt eines Mordopfers zu untersuchen, gehörte zur Routine der Rechtsmedizin. Da aber Schmidtbauer eindeutig an einer Cyanidgasvergiftung gestorben war, wusste der Kommissar nicht, welche Relevanz die letzten Informationen von Dr. Fischmayr hatten. Gaben sie einen Hinweis darauf, wo Schmidtbauer ums Leben gekommen war? Simarek war sich nicht sicher, aber er spürte, dass er die Antwort bereits in sich trug. Er kannte dieses Gefühl und hatte gelernt, nicht ungeduldig zu werden. Er wusste, irgendwann würde es plopp machen und die Erkenntnis an die Oberfläche des Bewusstseins dringen. Darauf wollte er warten.

•

„So ein Kommissar hat's gut – geht zu schöner Frau mit Hut." Simarek hatte Fabio Trulli gerade über den aktuellen Stand seiner Ermittlungen ins Bild gesetzt und angekündigt, jetzt zur Praxis von Simone Richter zu fahren.

„Bitte, was?" Fabios Reim des Nachmittags erschloss sich dem Kommissar nicht.

„Na hier."

Flink huschten die Finger des Assistenten über die Tastatur, und es öffnete sich eine Webseite auf dem Bildschirm. „Simone Richter – Psychologische Praxis – Psychotherapie und Beratung" stand da zu lesen. Und als Simarek das Bild auf der Startseite sah, wusste er sogleich, was der Polizeiobermeister gemeint hatte. Simone Richter sah ausgesprochen gut aus.

„Warum tragen Sie heute keinen Hut?"

Die Psychotherapeutin lächelte, und dieses Lächeln

hatte nichts Künstliches, das spürte Simarek sofort. Schon als Simone Richter die Türe ihrer Praxis geöffnet hatte, war der Kommissar von ihrer Ausstrahlung fasziniert gewesen. Solchen Menschen begegnete er selten. Simone Richter trug ihre mittellangen braunen Haare zu einem kurzen Zopf zusammengebunden und sah deutlich jünger aus als sechsunddreißig. Trulli hatte für Simarek vorab ihr Alter recherchiert. Simone Richter wirkte auf den Kommissar offen und souverän. Gleichzeitig spürte Robert Simarek auch eine gewisse Fragilität.

„Der Hut ist ein Spleen von mir“, antwortete Simone Richter. „Ich trage ihn häufig, aber nur außer Haus. Und da meine Klienten mir gesagt haben, er mache mich interessant und lasse mich irgendwie kompetent wirken, habe ich das Bild mit dem Hut auch auf meiner Homepage. Gesine Mollet hat der Hut auch gefallen. Das ‚irgendwie kompetent‘ stammt von ihr.“

Ohne Umschweife war die Therapeutin zum Thema gekommen.

„Sie sind keine Freundin von Umwegen?“

„Manchmal führen die Umwege schneller ans Ziel.“ Simone Richter lächelte. „Das gilt auch in der Psychotherapie. Aber Sie sind ja nicht zur Behandlung hier.“

„Sie haben Recht. Also reden wir über Gesine Mollet. Und ich will gleich offen sein. Am Selbstmord Ihrer Patientin besteht kein Zweifel. Insofern ist dieser Fall für sich eigentlich abgeschlossen.“

„Aber Sie vermuten einen Zusammenhang mit

dem Tod von Alfons Schmidtbauer, ihrem ehemaligen Chef."

Simarek war überrascht. Der Satz der Psychologin klang weder fragend noch spekulativ. Er war eine simple Feststellung.

„Besteht denn einer?" Simarek war jetzt hochkonzentriert.

„Jedenfalls besteht ein Zusammenhang zwischen Schmidtbauer und Gesines Tod, auch wenn man Schmidtbauer im juristischen Sinne natürlich nicht dafür verantwortlich machen kann. Jetzt ja ohnehin nicht mehr. Sie wissen, dass ich eigentlich nicht über meine Fälle reden darf. Das gilt auch über den möglichen Tod von Klienten hinaus. Aber ich denke, es wäre Gesine Mollet ein Anliegen gewesen, dass sie verstanden wird."

„Und, haben Sie sie verstanden?" Der Kommissar wusste, dass diese Frage eigentlich vom Kern wegführte. Er hätte nach den Fakten, nach der Beziehung zwischen Chef und seiner persönlichen Assistentin fragen müssen. Aber das konnte er später nachholen. Jetzt interessierte ihn besonders, was Simone Richter dachte. Er schmunzelte, weil er ahnte, dass in diesem Fall der Umweg schneller zum Ziel führen konnte.

„Ich will Sie nicht mit wissenschaftstheoretischen Überlegungen langweilen, was Verstehen für eine Psychotherapeutin heißt. Dennoch ist das, was hier passiert ist, ein sehr komplexes Geschehen. Ja, ich habe Gesine verstanden und dass sie ihren Weg so gewählt hat. Das heißt aber nicht, es habe keine anderen Möglichkeiten gegeben. Sie merken, ich werde jetzt doch etwas theoretisch. Aber natürlich hat das, was wir tun und was wir fühlen und die Entscheidungen, die wir daraufhin treffen, etwas damit zu tun, wer wir sind und wie wir sind. Für eine andere Frau wären die Spielchen, die Alfons Schmidtbauer mit Gesine gespielt hat, vielleicht nur klärend gewesen, und sie hätte nach einiger Zeit den Absprung geschafft, um eine schlechte Erfahrung reicher. Bei Gesine war das anders. Sie ist irgendwie nie so richtig in der Wirklichkeit angekommen. Die war ihr zu rau. Sie hat am Leid der Welt gelitten, kann man sagen. Und damit auch an ihrem persönlichen Leid. Sie hatte einfach Angst, zu leben. Das ist alles nicht einfach zu erklären. Depression würde die fachliche Diagnose lauten. Das klingt aber so hart und rational, als würde es irgendwas erklären. Und ganz genau trifft der Begriff auch nicht die tiefe Traurigkeit, die wohl das Wesen von Gesine Mollet ausmachte."

„Melancholie?", fragte Simarek.

„Welch schöner veralteter Begriff." Simone Richter lächelte. „Aber er trifft es ganz gut, diese Mischung aus Weltschmerz und persönlichem Unglück."

Simarek spürte nun selbst einen Anflug von Melancholie in sich. Er wechselte das Thema.

„Was können Sie mir über das Verhältnis von Gesine Mollet und Alfons Schmidtbauer sagen?"

Simone Richter erhob sich aus ihrem bordeauxroten Ohrensessel, in dem sie während des Gesprächs Platz genommen hatte, und ging in Gedanken verloren zu einem Regal, das an der Wand am Fenster stand. Ein Sonnenstrahl fiel auf ihre Haare, und der Kommissar spürte ein merkwürdiges, aber nicht unbekanntes Gefühl in seinem Bauch. Diese Frau hatte nicht nur Ausstrahlung, sie rührte sein Herz, wie sie da stand und jetzt die Puppe aus dem Regal nahm, die dort neben einigen Büchern und einem Teeservice Platz gefunden hatte. Sie schaute die Puppe lange an, es war eine, die in ihrem Alter sein mochte.

„Wissen Sie, diese Puppe hat mir mein Vater geschenkt, da war ich drei. Auch so ein Spleen von mir, sie mit in meine Praxis zu nehmen. Ich hänge an ihr. Umso mehr, da mein Vater bald sterben wird." Sie schluckte. „Ich lerne gerade, wie schwer es ist, Abschied zu nehmen, und wie viel noch zu sagen und zu klären ist. Und irgendwann werden dann nur noch Erinnerungen bleiben, wie diese Puppe. Auch Gesine Mollet hat diese Puppe gemocht. Sie hat sogar mal ein Foto von ihr gemacht. Es war merkwürdig. Manchmal, wenn es bei ihr sehr tief ging, dann hat sie die Puppe auch in die Hand genommen. Es war gerade so, als erzähle sie mir ihr Leid über die Puppe. Jedenfalls hat sie das oft bei der Geschichte mit Schmidtbauer so gemacht, als bräuchte sie eine Übersetzerin."

„Dabei war sie selbst eine."

„Ja, merkwürdig, nicht? Ein Beruf, der auch dazu dient, sich anderen verständlich zu machen. Man sagt ja auch gerne, viele Psychologen hätten ihr Fach nur studiert, um sich selbst kennenzulernen. Eine reichlich romantische Vorstellung von einem Fachgebiet, das in den ersten Semestern vorwiegend aus Statistik besteht." Sie lächelte. „Jedenfalls – bei Schmidtbauer und Gesine Mollet können Sie davon ausgehen, dass beide nicht dieselbe Sprache gesprochen haben. Das passiert bekanntlich oft in Beziehungen."

Simarek wusste, wovon Simone Richter sprach.

„Hier sieht es aber so aus, als ob einer auch noch ein Falschspieler war."

„Heißt?", hakte der Kommissar nach.

„Er hat sich zunächst anders präsentiert und zeigte erst später sein wahres Gesicht. Auch das kommt ja oft vor, war aber in diesem speziellen Fall für Gesine Mollet fatal. Sie hatte sich auf Schmidtbauer eingelassen und ist umso tiefer gefallen."

Simarek kratzte sich nachdenklich am Handrücken, eine Angewohnheit, wenn er intensiv zuhörte und versuchte Schlüsse zu ziehen.

„Frau Richter, nach dem, was wir bisher herausgefunden haben, war Alfons Schmidtbauer im Umgang mit einigen Mitmenschen nicht zimperlich. Es liegt nahe, darin ein mögliches Mordmotiv zu sehen. Ich habe ja schon gesagt, der Fall Gesine Mollet ist eigentlich keiner. Aber es würde mir vielleicht helfen, wenn Sie noch ein bisschen genauer sein könnten. Ich habe natürlich Verständnis für Schweigepflicht, Beichtgeheimnis und alle diese Dinge. Aber egal, was für ein Mensch der Schmidtbauer war, ich muss einen Mord aufklären."

„Ich will so offen sein, wie ich kann. Obwohl es eine interessante Frage ist, ob es in Gesines Sinn wäre, dass Sie den Mörder fassen."

Simarek runzelte die Stirn, hatte aber Verständnis für diesen Gedanken. Nicht jedes Mordopfer war ein Unschuldslamm. Dennoch, er würde den Mörder finden, früher oder später. Er hoffte früher, vielleicht auch mit Simone Richters Hilfe.

Die fuhr fort: „Als Gesine die Stelle bei *ASP Internationale* bekam, war sie gerade fünfundzwanzig. Schmidtbauer selbst hat sie eingestellt. Er wollte eine persönliche Assistentin, die mehrere Sprachen beherrschte und die ihn auch auf Reisen begleitete. Gesine war mit ihren drei Sprachen und ihrer Mobilität eine Idealbesetzung für den Job. Schmidtbauer war Ende fünfzig und spielte für Gesine zunächst mal die Rolle eines fürsorglichen und väterlichen Förderers. Nach und nach hat er sich ihr auch privat etwas geöffnet, hat ihr erzählt, dass seine geliebte Frau vor kurzem gestorben sei und dass ihm die Einsamkeit manchmal unerträglich vorkomme. Ein Leid, das Gesine lindern konnte. Und so hat sie sich auf ein Verhältnis mit Schmidtbauer eingelassen, wohl in der Annahme, ihr Opfer könnte ihn retten."

„Was hat sie denn von ihm erwartet? Liebe? Oder doch eher Geld? Tut mir leid, ich muss das fragen."

„Schon klar…", antwortete die Therapeutin. „Aber Gesine war nicht an Schmidtbauers Geld interessiert. Und Liebe war wohl etwas, das Gesine für sich gar nicht erwartete. So seltsam es klingt. Dass sie sich auf Schmidtbauer eingelassen hat, war so etwas wie ihr Versuch, einen Teil der Welt zu retten."

„Seltsam, was bringt eine junge Frau auf solch absonderliche Ideen?" Der Kommissar kratzte schon wieder an seinem Handrücken.

„Sie vergessen, dass Gesine schon ein bisschen anders war. Sonst wäre sie nicht bei mir gewesen. Jedenfalls hat sich Gesine auf ein Verhältnis eingelassen, das ihr nach und nach das Leben zur Hölle machte, als Schmidtbauer seine Maske langsam fallen ließ."

„Was ist passiert?"

„Schmidtbauer wollte besitzen. Und er war es wohl gewohnt, sich zu nehmen, was er wollte. Jedenfalls beschnitt er Gesine jeglichen Freiraum und kontrollierte sie auch in ihrer Freizeit."

„Hatte er denn ein Druckmittel gegen Gesine?"

„Nichts mit Substanz, würden jedenfalls wir finden. Er hat mit untrüglichem Machtinstinkt ihr Wesen geschickt ausgenutzt. Er hat sie sich nach und nach immer gefügiger gemacht. Man könnte sagen, er hat sie sich unterworfen. Und ihre psychische Disposition korrespondierte ideal mit seiner dominanten Aktivität."

„Hat er sie auch sexuell missbraucht?"

„Das ist leider alles nicht justiziabel gewesen, weil Schmidtbauer immer hätte behaupten können, alles sei mit Gesines Einverständnis geschehen, und schließlich sei sie weit über achtzehn gewesen. Aber natürlich haben sich die Macht- und Kontrollfantasien von Alfons Schmidtbauer auch im Schlafzimmer Bahn gebrochen und nicht nur da. Gesine hat eine ganze Reihe von demütigenden sexuellen Praktiken kennengelernt."

„Na ja, aber Sex hat doch immer auch mit Macht und Machtspielchen zu tun?"

„Glauben Sie mir, Herr Kommissar, das war weit über der Grenze dessen, was in der BDSM-Szene noch als ‚Spielchen' bezeichnet wird. Das war menschenverachtend. Und Sie werden verstehen, dass ich nicht ins Detail gehen kann."

„Für meine Belange genügt diese Information", sagte Simarek und musste schlucken.

„Jedenfalls hat Gesine in ihrer Not nicht einfach einen Schlussstrich gezogen wie vielleicht eine andere Frau in ihrer Situation, sondern sie hat lange still erduldet. Bis sie dann vor zwei Jahren keinen Ausweg mehr sah und zum ersten Mal versucht hat, sich das Leben zu nehmen."

„Und danach kam sie zu Ihnen?"

„Im Krankenhaus legte man ihr dringend eine Therapie nahe, ja. Gleichzeitig kündigte sie bei *ASP*."

„Dort konnte sie sich ja ohnehin niemandem anvertrauen", murmelte Simarek, der sich an das Gespräch mit den Mitarbeitern von Schmidtbauer erinnerte. „Weil das ja in der Firma unter der Decke gehalten werden musste. Und auch wenn es jemand gemerkt hat, wird er Gesine Mollet nicht darauf angesprochen haben."

„Ein Mitarbeiter hat das wohl mal versucht.“

Simarek stutzte. „Wissen Sie, wer?“

Simone Richter kramte in einem Zettelkasten. „Mmh, sie hat ihn nur beim Vornamen genannt. Und ich habe das auch nur notiert, weil ich da in einer der nächsten Sitzungen noch mal nachhaken wollte. Er hieß Wolfgang.“

Als Simarek Simone Richter verließ, war er getrübter Stimmung. Und auch die Therapeutin schien mitgenommen. Beim Abschied lag eine gewisse Schwere im Raum. Fast hätte der Kommissar die Frau zum Abschied umarmen wollen. Den Impuls konnte er aber kontrollieren. Simone Richter hatte ihm noch erzählt, dass Schmidtbauer Gesine auch nach der Kündigung nie in Ruhe gelassen und sie mit Anrufen und Drohungen verfolgt habe. Aber sie habe Gesine nicht überzeugen können, ihn wegen Stalkings anzuzeigen. Simarek wusste, wie aussichtslos solche Anzeigen in der Regel waren. Fast konnte er Gesine verstehen.

Zurück ins Kommissariat wollte er jetzt auf keinen Fall. Er rief Fabio Trulli an und verabredete sich mit ihm zur Lagebesprechung am nächsten Morgen. Dann würden sie gemeinsam die nächsten Schritte überlegen. Simarek ahnte, dass er zwar noch nicht dem Mörder – oder der Mörderin? –, wohl aber einem möglichen Motiv auf der Spur war. Und dann war da noch der Mitarbeiter, der versucht hatte, Gesine auf ihre Situation hin anzusprechen. Der Kommissar machte sich einen Knoten in sein virtuelles Taschentuch. Er hatte einige Fragen, die er Wolfgang Bergmann stellen wollte.

•

„Du siehst müde aus." Biggi stellte dem Kommissar ein Bier auf den Tresen und schenkte ihm ein aufmunterndes Lächeln, für das einige ihrer Gäste bereit gewesen wären, ein deutlich erhöhtes Trinkgeld zu bezahlen.

„Ich bin durch für heute", antwortete Simarek. Er wusste, dass Biggi keine weiteren Erklärungen erwartete. Deshalb war er so gerne in der *Gelben Kastanie*, weil er sich hier fast wie zu Hause fühlte. Zuweilen nannte er die Kneipe sein zweites Wohnzimmer, in dem die anderen Stammgäste und auch die Wirtin es respektierten, wenn er dichtmachte und einfach nur in Ruhe gelassen werden wollte.

„Was Neues in Sachen Ansgar und die Biedermänner?", fragte der Kommissar. Biggi seufzte.

„Heute kam Post von deren Anwalt. Anstatt einfach mal anzurufen und die Dinge normal zu regeln, schießen die gleich mit Kanonen auf Spatzen. Der Anwalt behauptet, Ansgar sei gemeingefährlich und gehöre eigentlich in eine Erziehungsanstalt. Er bietet aber an, die Sache auf sich beruhen zu lassen, wenn ich den Auspuff und die Anwaltskosten bezahle. Macht zusammen schlappe achthundert Euro."

Simarek rundete in Gedanken schon mal das vorgesehene Trinkgeld stattlich auf. Er wusste, dass es Biggi nicht so dicke hatte. Dennoch gab er ihr den Rat, es nicht auf einen juristischen Streit ankommen zu lassen. „Streithanseln wie die Biedermanns dieser Welt können einem das Leben zur Hölle machen“, dachte er.

Biggi seufzte abermals und meinte: „Klar werde ich die achthundert Euro zahlen. Und Ansgar darf sie mit seinem Taschengeld bei mir abstottern. Dann ist er ungefähr in sechs Jahren wieder schuldenfrei, sagen wir in sieben, mit Zinsen.“ Sie grinste. Natürlich ärgerte sie sich über die Kosten für Anwalt und Auspuff. Aber Simarek hatte den Verdacht, Biggi sei insgeheim sogar stolz auf Ansgar und dessen Attacke auf das organisierte Spießbürgertum. Nach drei weiteren Bier und zwei Grappa mit Willi, der noch kurz hineingeschaut hatte, verließ er die *Gelbe Kastanie*. Er ging in dem Bewusstsein, wieder in seiner Welt angekommen zu sein und für diesen Abend die Welt und das Leid der Gesine Mollet hinter sich lassen zu können. Die Luft war klar und kühl. Er ging, obwohl er sich noch fahrtüchtig fühlte, zu Fuß in Richtung seines Viertels, und er wusste, dass er noch nicht nach Hause wollte.

Hassdenteufel öffnete die Tür und Simarek sah sofort, der Pastor war übellaunig. Das war äußerst selten der Fall, zumindest, wenn sie sich trafen. Aber wenn es denn so war, dann konnte Simarek es an den Gesichtszügen seines geistreichen und geistlichen Freundes ablesen. Seine Stirnrunzeln waren in diesem Falle noch ausgeprägter als sonst, und um die Lippen des Pastors zuckte es.

„Was ist dir denn über die Leber gelaufen?“, fragte Simarek und war bereit, sich auf einen Rollentausch einzulassen.

„Der Generalvikar geht mir auf den Zeiger“, sagte Hassdenteufel. „Es gab Beschwerden. Einige besonders Fromme aus der Gemeinde haben in Trier angerufen wegen der Damen auf der Kirchentreppe. Jetzt hat das Büro des Generalvikars mir ausrichten lassen, ich möge mich um die Entfernung des unpassenden Publikums kümmern, da sonst der Friede der Gemeinde gestört sei. Fast hätte ich Lust, die beiden Damen zu bitten, dass sie bleiben, um diesen Moralaposteln eins auszuwischen. Ein bisschen Nachhilfe in Sachen Wirklichkeit vor Gottes Haustüre täte einigen wohl gut.“

„Vorgestern wolltest du noch, dass ich die Sitte hole.“ Der Kommissar sah den Pastor belustigt an.

„Ja. Und ich finde immer noch, dass der Kirchplatz ein denkbar ungeeigneter Ort ist, um für das horizontale Gewerbe Kundschaft zu akquirieren. Aber diese verlogene Doppelmoral einiger meiner Schäfchen finde ich viel ekelhafter. Wozu predige ich denn fast täglich von der verwundeten Schöpfung und von der Vergebung, die schlimmen Schaden heilt? Damit die Saubermänner der Gemeinde, die natürlich allesamt noch nie ihre Ehefrauen betrogen haben, beim Bischof anrufen, weil Huren vor der Kirche ihre heile Welt bedrohen und sie ihrem Pastor nicht zutrauen, das Problem auf seine Weise zu lösen."

„Du bist mächtig sauer, was?"

„Und wie. Ich werde darüber predigen. Ich werde scharf sein. Ich werde angriffslustig sein..."

„Und der Gemeinde hinterher vergeben?"

Hassdenteufel stutzte, soviel theologischer Scharfsinn des Kommissars überraschte ihn offenbar doch.

„... und ihnen vergeben, meinetwegen, sicher, aber erst hinterher."

„Na gut", sagte Simarek, „dann werde ich Anna empfehlen, deine Messe zu besuchen."

„Anna?"

„Sie ist Lettin, sehr hübsch und intelligent, und eine der beiden Damen vor deiner Haustür. Ich habe mich gestern Abend gut mit ihr unterhalten. Und zwar über Gott und die Welt und die Liebe. Interessante Frau, du solltest sie kennenlernen, sagen wir zu Studienzwecken, um Vorurteile zu überwinden."

„Hast du ihr gesagt, dass sie sich bitte einen anderen Platz suchen soll?"

„Ich habe gesagt, dass du mein Freund bist und dich ihre Anwesenheit auf dem Vorhof zum Paradies nicht glücklich macht. Ich habe aber nicht nachdrücklich gesagt, sie möge ihren Hintern woanders hinschwingen. Ich weiß auch nicht, warum, aber es schien mir irgendwie nicht der Abend für Drohungen und amtliche Maßnahmen."

„Okay, dann halten wir die Situation noch ein bisschen aus. Sagen wir zu Studienzwecken und zur pädagogischen und geistlichen Erbauung der Gemeinde." Hassdenteufel zog eine Grimasse und wirkte jetzt entschlossen. Das Generalvikariat hatte aufgrund seines Anrufs Anna und Monique eine vorläufige Aufenthaltsgenehmigung im Kirchenumfeld verschafft. Weder der Kommissar noch der Pastor würden in den nächsten Tagen etwas unternehmen, um die Situation rund um St. Johannes zu verändern.

„Komm, wir rauchen noch eine", schlug Hassdenteufel vor, „und dazu gibt es noch einen Schluck vom Cantina del Mandrolisai."

Als Robert Simarek das Treppenhaus zu seiner Wohnung hochstieg, spürte er, dass er leicht schwankte. Aus dem Schluck Rotwein waren mehrere Gläser geworden. Dazu waren einige Zigarillos gekommen, deren Seele er und Hassdenteufel eingeatmet hatten. Jetzt kratzte es in seinem Hals. Die Seele wollte offenbar zurück an die Luft. Simarek trank noch einen Liter Wasser und nahm dazu zwei Aspirin. Das würde den möglichen Kater schon im Voraus töten. Und auch Hunde verfolgten ihn in dieser Nacht nicht. Er schlief traumlos.

Dienstag, 15. Oktober 2002

•

Die Kaffeemaschine brodelte und zischte, doch die schwarze Brühe tropfte nur langsam in die Glaskanne. Entkalken wäre eine gute Maßnahme gewesen, aber da sich im Kommissariat drei in dieser Angelegenheit einer auf den anderen verließ und deshalb bislang nichts passiert war, mussten Simarek und Trulli die Croissants, die der Kommissar mitgebracht hatte, trocken runterwürgen. Gab es den Kaffee zum Nachspülen eben später.

„Morgen entkalke ich das verdammte Ding", verkündete der Kommissar und wusste sogleich, dass auch am nächsten Tag der Kaffee wieder nur langsam in die Kanne tropfen würde.

„Wie gehen wir vor?", fragte Fabio Trulli und der Kommissar erklärte, dass unbedingt zwei Besuche am Vormittag zu erledigen seien. Er selbst wolle zu Wolfgang Bergmann fahren, weil es da jetzt doch einige offene Fragen gebe, und Trulli solle einen schönen Ausflug in den Bliesgau machen und sich in der Hundezucht von Schmidtbauer umschauen.

„Dann kannst du ja diesem Marius ein wenig auf den Zahn fühlen."

„Oje! Der war schon am Telefon so maulfaul. Kriegte die Zähne nicht auseinander. Stumm wie ein Stockfisch."

„Was man von dir ja nicht sagen kann. Du bist die Idealbesetzung für diese Aufgabe. Kannst die Fragen ja auch doppelt und dreifach stellen."

„Commissario. Du bist gemein und ich ein armes..."

„Spar dir das für die Hundezucht. Vielleicht steht Marius ja auf Fragen in Reimform."

Leicht genervt verließ der Kommissar das Büro; wie er erst im Auto bemerkte, ohne von dem Kaffee getrunken zu haben. Sollte Fabio das Zeug doch allein in sich hineinkippen.

Wolfgang Bergmann wohnte in einer der besseren Wohngegenden. Der Wohlstand war dem schmucken Einfamilienhaus auf dem Rotenbühl durchaus anzusehen, ebenso wie den beiden Fahrzeugen, die in dem Carport standen, ein Landrover und eine A-Klasse, vermutlich der Einkaufsflitzer für die Gattin.

Auf das Klingeln öffnete eine blonde Frau in Tennisröckchen und mit Stirnband. Sie wirkte sportlich und sorgsam auf ihre Erscheinung bedacht, eine Frau Mitte vierzig, die beschlossen hatte, das Älterwerden zu akzeptieren, es diesem aber nicht zu leicht zu machen. Sie begegnete Simarek sympathisch und offen, als dieser sich auswies.

„Sie kommen bestimmt wegen Schmidtbauer", stellte Katharina Bergmann mehr fest, als dass sie fragte, nachdem sie Simarek ins Haus gebeten hatte. „Mein Mann hat schon gesagt, dass er damit rechnet, noch einmal befragt zu werden."

„Hat er auch gesagt, warum?"

„Er sagt, es sei ja nicht unbemerkt geblieben, dass er im Büro von Schmidtbauer neulich etwas ausgeflippt ist. Und Schmidtbauer habe auch laut genug geschrien. Wolfgang glaubt, dass er zumindest zu denen gerechnet wird, die ein Motiv haben."

„Das ist eine ziemlich gute Analyse."

„Mein Mann ist Fertigungsleiter bei *ASP*. Dazu muss man mehr als technisches Verständnis mitbringen. Da sind so viele Prozesse zu planen und zu organisieren, da sollte man schon was in der Birne haben." Das galt offenbar auch für Katharina Bergmann. Warum redete sie so offen? Wollte sie ihm dadurch signalisieren, dass es völlig abwegig sei, ihren Mann in irgendeiner Form zu verdächtigen? Hatte Wolfgang Bergmann gar mit ihr abgesprochen, wie zu reagieren ist, wenn die Polizei vor der Türe steht? Auszuschließen war das nicht, denn ein abgesprochenes Szenario hatte der Kommissar ja bereits bei seinem Besuch in Forbach erlebt. Andererseits war es gerade Bergmann gewesen, der dort als Schauspieler nicht gerade erfolgreich aufgetreten war. Der Landrover vor der Türe war sicher geeignet, eine Leiche zu entsorgen, dachte der Kommissar. Um diesen zu untersuchen, fehlten aber bislang noch die konkreten Verdachtsmomente.

„Ihr Mann hat noch Urlaub. Ist er zu Hause? Ich meine, es stehen zwei Autos vor der Türe."

„Ja, er ist nur kurz um die Ecke zum Tante-Emma-Laden. Milch ist alle. Und dann kauft er sich bestimmt noch was zum zweiten Frühstück."

In diesem Moment hörte der Kommissar den Schlüssel im Schloss der Haustüre. Wenig später trat Wolfgang Bergmann ins Wohnzimmer.

„Aha, der Herr Kommissar. Ich habe mit Ihnen gerechnet."

„Und ich kann euch ja jetzt allein lassen", sagte Katharina Bergmann. „Inge wartet darauf, dass ich sie abhole. Vergiss nicht, dass du versprochen hast, zu kochen. Um eins kommen die Kinder aus der Schule."

„Je nachdem, wie lange der Herr Kommissar mich aufhält, wird das ausfallen. Notfalls gibt es Nudeln mit Ketchup. Und sollte ich festgenommen werden, lege ich Geld für Hamburger und Fritten auf den Tisch." Bergmann hauchte seiner Frau einen Kuss auf die Wange. An ihrer Miene konnte der Kommissar nicht genau ablesen, ob sie über die letzte Bemerkung ihres Mannes eher amüsiert oder irritiert war.

„Und, habe ich Veranlassung, Sie festzunehmen?", fragte Simarek, als der kleine Benz vor der Haustüre gestartet wurde.

„Nein, aber ich kann mir denken, dass Sie mich nicht automatisch als unverdächtig einstufen. Vor allem nach dem, was Frau Schrader Ihnen erzählt hat."

„Ich habe mir schon gedacht, dass Emilie Schrader Sie noch anruft. Das finde ich auch absolut in Ordnung. Also, hatten Sie einen Grund, Schmidtbauer umzubringen?"

„Ich glaube, es gibt keinen Grund, der es rechtfertigt, einen Menschen zu töten. Aber natürlich, ein Motiv hätte ich gehabt. Emilie hat Ihnen ja von meinem Streit mit Schmidtbauer erzählt. Ich glaube, sein Gebrüll war nicht nur in seinem Vorzimmer zu hören. Und es war ja auch nicht das erste Mal, dass er versucht hat, mich zur Sau zu machen."

„Worum ging es denn?"

„Vordergründig darum, dass meine Leistung angeblich nachgelassen habe. Ich hatte eine Zeitlang Probleme in meiner Ehe und gleichzeitig mit dem Erwartungsdruck in der Firma. Da herrscht ein harter Verdrängungswettbewerb auf dem Markt und ich als Fertigungsleiter muss dafür sorgen, dass wir das, was wir den Kunden anbieten, auch tatsächlich pünktlich leisten können. Außerdem haben wir uns mit dem Haus hier ziemlich verschuldet. Der Lebensstandard fordert seinen Tribut, auch wenn ich bei *ASP* wirklich nicht schlecht verdiene. Ich habe unter dem Druck angefangen zu trinken, und das ist auch in der Firma nicht unbemerkt geblieben. Ist aber alles schon länger her. Jetzt ist meine Ehe wieder in Ordnung, und auch den Alkoholkonsum habe ich unter Kontrolle. Mal abgesehen von letztem Freitag. Ich nehme an, das ist wichtig."

„Warum?", fragte Simarek, denn natürlich war das wichtig, und dem Kommissar war dies auch klar.

„Na, wegen des Alibis. Ich fürchte, ich habe keins."

„Aber ich habe Ihnen doch noch gar nicht gesagt, wann Schmidtbauer gestorben ist."

„Aber ich kann eins und eins zusammenzählen. Mein Streit mit Schmidtbauer war Freitagmittag. Ich habe um siebzehn Uhr Feierabend gemacht und bin nach Hause gefahren. Schmidtbauer ist laut Emilie um kurz nach sechzehn Uhr gefahren, vermutlich in den Bliesgau, um nach seinen Kötern zu schauen.

Am Samstagmorgen haben Sie die Leiche gefunden. Das haben sie in den Nachrichten gesagt. Bleibt also ein überschaubarer Tatzeitraum."

Simarek dachte, dass Bergmanns analytische Fähigkeiten so manchem Ermittler zur Ehre gereicht hätten. Er hörte dem Fertigungsleiter weiter aufmerksam zu.

„Ich habe zu Hause jedenfalls direkt die erste Flasche Bier geköpft und dann weitergetrunken, auch harte Sachen. Irgendwann bin ich hier auf dem Teppich vor der Glotze eingeschlafen. Als ich aufwachte, war es früh am Morgen und mein Hals kratzte fürchterlich."

Simarek erinnerte sich daran, dass er am Samstagmorgen in einem vergleichbaren Zustand erwacht war. Allerdings immerhin in seinem Bett.

„Und Ihre Frau kann nicht bestätigen, dass Sie die ganze Zeit zu Hause waren und auf dem Teppich eingeschlafen sind?", hakte er nach.

„Kann sie nicht. Katharina war mit den Kindern in Britten bei einer Cousine zum Geburtstag. Dort haben die drei dann auch übernachtet und sind erst am Samstagmorgen wiedergekommen. Da war ich aber schon rasiert und geduscht."

„Also kein Alibi."

„Nein."

„Ihr Chef hat Ihnen also vorgeworfen, Ihre Leistung lasse nach. War das alles?"

„Nein. Das war nur der offizielle Vorwand, mir zu drohen. Der inoffizielle war ein anderer."

„Und?"

Bergmann stockte.

„Sie haben gestern bei *ASP* auch nach Gesine Mollet gefragt. Jeder bei uns ahnte, dass Schmidtbauer ein Verhältnis mit ihr hatte. Und jeder, der unseren Chef kannte, wusste auch, dass er sich nimmt, worauf er meint, ein Recht zu haben. Als ich damals merkte, dass Gesine Mollet immer angegriffener aussah, habe ich sie angesprochen und gefragt, ob sie Hilfe brauche. Sie hat nur traurig den Kopf geschüttelt und ist mir ausgewichen. Danach hat sie gekündigt. Aber es gehört nicht viel Fantasie dazu, sich vorzustellen, wie die Beziehung zwischen Schmidtbauer und Gesine Mollet ausgesehen hat."

„Sie können eins und eins zusammenzählen."

„Zumal der Chef in letzter Zeit ein Auge auf eine neue Mitarbeiterin in meiner Abteilung geworfen hatte. Wieder eine junge Frau von Ende zwanzig. Gut aussehend. Und auch etwas zerbrechlich wirkend, genau wie Gesine Mollet. Doch bei der ist er offenbar erstmal abgeblitzt."

„Woher wissen Sie das?"

„Weil er von mir verlangt hat, der jungen Kollegin zu

sagen, wenn sie eine Perspektive bei *ASP* haben wolle, dann müsse sie zugänglicher sein."

„Und das haben Sie abgelehnt."

„Selbstverständlich habe ich das abgelehnt. Er hat mir gedroht, sich richtig in Rage gebrüllt. Was ich mir denke. ‚Ich ruiniere dich', hat er gesagt, Familie und Haus könne ich vergessen. Er hat noch gebrüllt, als ich das Büro verlassen habe."

„Und dann sind Sie nach Hause gefahren?"

„Ja. Und jetzt bin ich erleichtert, dass Schmidtbauer tot ist. Denn er wird mich nie mehr anbrüllen und mir nie mehr drohen. Aber umgebracht habe ich ihn trotzdem nicht."

„Darf ich mal einen Blick in den Kofferraum Ihres Landrovers werfen?" Der Kommissar folgte einem plötzlichen Impuls.

Bergmann begleitete Simarek vor die Haustüre und öffnete die Heckklappe. Blitzblank präsentierte sich der Laderaum, der mit einem neuen Teppich ausgelegt war.

„Sie haben das Auto nicht kürzlich erst geputzt?"

„Doch, gestern. Gemeinsam mit den Kindern."

Bergmann zuckte mit den Schultern, als wolle er sagen: „Dumm gelaufen."

„Sie tun wirklich alles, meine Verdachtsmomente zu zerstreuen." Simarek wusste, dass die Indizien genug hergaben für eine vorläufige Festnahme. Aber er war ein Polizist, der sich auf seinen Instinkt in der Regel verlassen konnte. Und der sagte ihm, Wolfgang Bergmann war nicht der Täter, selbst wenn hier einige Verdachtsmomente anscheinend zusammenpassten. Simarek irrte sich selten in solchen Dingen. Und deshalb bekamen Wolfgang Bergmanns Kinder zum Mittagessen etwas anderes vorgesetzt als Hamburger mit Fritten. Simarek war sich nicht ganz sicher, ob diese sich wirklich darüber freuten.

•

„Und du hast ihn nicht vorläufig festgenommen?"

„Fabio, mein Gefühl sagt mir, dass das ein Zusammenspiel blöder Zufälle ist. Das frisch geputzte Auto und die durchsoffene Nacht ohne Alibi. Das ist dumm gelaufen für Bergmann, mehr nicht."

„Und wenigstens die Kriminaltechniker das Auto untersuchen zu lassen?"

„Na ja, das können wir ja immer noch machen. Ich bin mir aber eigentlich sicher, dass das nichts bringen wird."

„Va bene", antwortete Trulli, der zudem anmerkte, dass bei Bergmann auch kaum Fluchtgefahr bestand, so wie sich dessen familiäre Situation darstellte. Man könne also notfalls noch mal auf den Fertigungsleiter zurückkommen, sollten sich doch noch weitere Verdachtsmomente finden. Eins war Simarek aber durch den Besuch auf dem Rotenbühl noch einmal vor Augen geführt worden: Wenn Schmidtbauer so war, wie er dachte, wenn Schmidtbauer ein Leuteschinder war, der seine Macht skrupellos einsetzte, um Mitarbeiter zu schikanieren und Frauen ins Bett zu bekommen, dann würde das die Zahl potentieller Täter und Täterinnen nicht unbedingt eingrenzen.

„Was hast du?"

„Oh, Marius Wagner, zweiunddreißig Jahre alt und ein echter buono a nulla, ein Nichtsnutz, dumm wie Bohnenstroh, eine Flachbirne…"

„Ist gut, Fabio."

„Überall hängen Pin-up-Girls aus billigen Wochenheftchen. Und dann diese Musik, die da läuft. Den ganzen Morgen deutsche Schlager. ‚Wahnsinn, warum schickst du mich in die Hölle – Hölle, Hölle, Hölle!' und er singt mit und zwar laut und falsch. Eigentlich eine klare Sache für Tierschützer. Obwohl die armen Viecher sich scheinbar schon daran gewöhnt haben. Bellen halt ein bisschen mit."

„Na, bei Wolfgang Petry würde ich auch bellen. Aber der Kerl war irre erfolgreich. Hat in dreißig Jahren rund zehn Millionen Tonträger verkauft. Der hat ausgesorgt."

„Äh, Commissario, muss ich mir Sorgen machen?"

Simarek lachte und gleichzeitig gab es ihm einen Stich, als er sagte: „Du kennst doch Evis seltsamen Musikgeschmack. Wolfgang Petry gehört dazu. Aber wir haben einen Deal. Petry oder ich. Und wenn ich da bin, dann bleibt die Hölle-Hölle-Hölle-CD im Schrank." Dann kam der Kommissar zurück zum Thema. Über Evi würde er später nachdenken.

„Was hat Marius denn zu sagen gehabt?"

„Na, erst war er echt maulfaul und hat nur in Ein- bis Zwei-Wort-Sätzen geantwortet. ‚Ja. Nein. Weiß nicht. Keine Ahnung.' Dann kam aber doch noch ein bisschen was. Im Büro hingen keine Pin-ups, sondern Auszeichnungen von Hundeausstellungen und so was. Die Berner-Sennen-Zucht von Schmidtbauer hat bundesweit einen Namen. Die Tiere sind mehrfach preisgekrönt. Die Zucht gibt es seit 15 Jahren, und genauso lange ist Marius dabei. Hat direkt nach der Hauptschule dort angefangen. Zunächst war noch ein anderer mit dabei. Der ist aber nach drei Jahren gegangen. Seitdem leitet Marius den Laden und verkauft seine Welpen nach ganz Deutschland. Ist er mächtig stolz drauf."

„Na, hoffentlich kann Marius seinen Job behalten, jetzt, wo Schmidtbauer tot ist. Haben wir schon was über mögliche Erben ermittelt? Vielleicht hat ja auch da jemand ein Interesse am Ableben eines reichen Erblassers gehabt."

„Nein, aber Schmidtbauer hat wohl einen Notar gehabt, bei dem wird ein Testament vermutet. Ich habe da heute Morgen einen Kollegen drauf angesetzt. Aber Marius sagt, ihm gehöre schon lange die Hälfte der Hundezucht, und er mache sich über seine Zukunft keine Sorgen."

„Aha. Wir sollten mal rausbekommen, ob das stimmt und wenn ja, wie und warum Marius Wagner an seine Anteile gekommen ist. Schmidtbauer ist ja nicht gerade als Menschenfreund bekannt."

Fabio zuckte die Achseln. „Na ja, immerhin war er wohl ein Tierfreund.“

„Apropos. Hatte Schmidtbauer nicht auch einen eigenen Hund?“

„Ja. Chayenne hat er seine Hündin genannt. Die hat er freitags immer zu Marius gebracht. Und da er nicht wieder aufgetaucht ist, lag sie heute immer noch bei dem unter dem Schreibtisch.“

„Und der hat sich nicht gewundert?“

„Der wundert sich über gar nichts, glaube ich.“

„Und über den Tod von Schmidtbauer weiß er nichts?“

„Nein, er könne sich nicht vorstellen, wer den alten Mann umgebracht habe, sagt er. Und ja, er sei zwar streng gewesen und ein harter Hund. Aber alles in allem seien sie doch ganz gut miteinander ausgekommen.“

„Das hilft uns aber nicht wirklich weiter.“

„Wohl nicht. Aber mit Hunden, das habe ich noch rausgefunden, hat Schmidtbauer schon immer zu tun gehabt. Im Büro hingen noch Auszeichnungen von früher. Schmidtbauer war wohl auch Mitglied im Hundeverein Forbach. Die beschäftigen sich mit Schäferhunden und Dobermännern. Auch da hat Schmidtbauer einige Preise gewonnen. Das ist allerdings schon vierzig Jahre her. Die letzte Urkunde war von 1962.“

„Mhh, kann mir nicht vorstellen, wohin das führen könnte. Aber sicher ist sicher. Kannst du nachher Michelle mal anrufen und sie bitten, den Verein zu checken? Vielleicht gibt es den schon gar nicht mehr. Vierzig Jahre sind ja echt eine lange Zeit."

Simarek kratzte einmal mehr seinen Handrücken. Er dachte nach. Schmidtbauer war also offenbar ein Gewohnheitsmensch, dessen Leben festen Abläufen folgte. Jeden Freitag derselbe Spruch beim Abschied aus seiner Firma. Darauf folgte der Besuch in seiner Hundezucht im Bliesgau. Jemand, der in seinem Leben gerne festgelegten Routinen folgte, war für einen Mörder natürlich leichter auszurechnen als jemand, der immer wieder spontan wechselnden Eingebungen nachgab.

„Wenn Schmidtbauer immer bestimmte Rituale pflegte", dachte Simarek laut nach, „dann kriegen wir doch bestimmt raus, was er gewöhnlich nach seinem Besuch in der Hundezucht machte."

„Zuerst besuchte er noch die Mutter von Marius im Pflegeheim und dann ging er in die Sauna", antwortete Fabio wie aus der Pistole geschossen.

„Bitte, seit wann und woher weißt du das denn?"

Bei Simarek hatte etwas plopp gemacht.

„Marius hat das erzählt. Er sagte, dass Schmidtbauer freitags immer dasselbe Programm hatte. Erst besuchte er die Hundezucht, dann Marius' Mutter und anschließend ging er in die Sauna."

Plopp! Minze und Seife. Schmidtbauer war also in der Sauna gewesen. Und Simarek war sofort klar, dass dieser nur dort gestorben sein konnte. Aber wo war diese Sauna? Und warum besuchte er Marius' Mutter im

Pflegeheim? Da waren so viele neue offene Fragen, dass der Kommissar für einen Moment nicht wusste, wo er ansetzen sollte. Er sammelte sich.

„Fabio, zwei Fragen. Erstens, hat Marius gesagt, warum Schmidtbauer die Mutter regelmäßig im Pflegeheim besuchte?"

„Nein, er sagte, er habe keine Ahnung. Schmidtbauer kenne sie einfach von früher."

„Und weißt du, wo diese verdammte Sauna ist, in die Schmidtbauer immer ging?"

„Sorry, Cheffe, aber auch das wusste Marius nicht. Du denkst auch, dass Schmidtbauer dort gestorben ist?"

„Ein nackter Toter mit Seife unter den Fingernägeln und einem Minzeblatt an der Hand, der regelmäßig freitagabends in die Sauna ging, wo sollte der sonst gestorben sein? Da passt doch alles zusammen."

„Scusi? Schmidtbauer ist doch an Giftgas gestorben."

„Richtig, und ich weiß auch wie. Wir reden später drüber. Ich muss jetzt dringend telefonieren. Und du rufst Michelle an."

•

Der Kommissar saß in seinem Büro und starrte an die Wand. Commissario Montalbano aus Vigata kam ihm in den Sinn. Er hatte am Morgen, noch bevor er seine Wohnung verlassen hatte, vier weitere Kapitel auf dem Klo sitzend verschlungen. In diesen Kapiteln ging es um die „Form des Wassers“, die dem Krimi von Camilleri auch seinen Titel gegeben hatte. Die Frage nach der Form des Wassers ergab, dass Wasser keine eigene Form besitzt. Es nimmt immer die Form an, die man ihm gibt. Bei Montalbano war das ein Gleichnis dafür, dass in einer politischen Intrige verschiedene Interessensgruppen die Todesumstände eines Opfers für ihre Zwecke zu nutzen versuchten. Das hieß, man drapierte die Leiche in eindeutiger Situation an einem Straßenstrich und versuchte so, den Ruf des Opfers zu ruinieren. Na ja, charakterlich so ganz astrein, fand Simarek, war der ermordete „Ingegnere“ bei Montalbano nicht gewesen. Das galt so ähnlich auch für Simareks Opfer. Auch Schmidtbauer sollte der Lächerlichkeit preisgegeben werden und war nicht gerade ein beliebter Zeitgenosse gewesen. Und auch hier spielte die Form des Wassers eine Rolle. Oder vielmehr der weitere Inhalt, die Form des Giftgases, das Schmidtbauer später eingeatmet hatte. Simarek wählte die Nummer der Rechtsmedizin.

„Fischmayr.“

Der Kommissar hörte schon an der Stimme, dass der Mediziner wie immer nicht auf Smalltalk programmiert war.

„Herr Doktor, ich glaube, ich weiß, wie und wo Schmidtbauer gestorben ist.“

„Ich nehme an, Sie sagen es mir auch gleich.“

„Einen Moment noch. Sie haben mir erklärt, dass Blausäure in flüssiger Form nicht gefährlich ist, aber bereits bei sechsundzwanzig Grad siedet und dann tödliches Gas freisetzt."

„Korrekt."

„Schmidtbauer ist in der Sauna gestorben und hat sich vermutlich selbst vergiftet."

Fischmayr dachte schnell und ergänzte: „Ah. Er war allein in einer Sauna und hat sich einen Aufguss gemacht. Und im Wasser war ein guter Schuss Gift. Und als das in die Luft kam, war es vorbei mit Schmidtbauer."

„Genau so muss es gewesen sein."

„Dann muss es aber eine Menge Gift gewesen sein, sonst gibt es keine Erklärung dafür, dass die Leiche ansonsten so makellos war. Er muss innerhalb von Sekunden ohnmächtig gewesen sein. Das heißt, er hat auf der Saunabank gelegen und sich da nicht mehr wegbewegt."

„Und als die Luft rein war, hat ihn sein Mörder abgeholt und an die Saar gefahren."

„Klingt ungewöhnlich, aber ganz plausibel. Haben Sie die Sauna schon gefunden?"

„Ich habe noch gar nicht danach gesucht."

Der Kommissar wählte eine weitere Nummer. Emilie Schrader meldete sich sogleich.

„Frau Schrader, kann es sein, dass Ihr Chef freitagabends regelmäßig in die Sauna ging?"

„Ja, das kann ich mir gut vorstellen, auch wenn er in der Firma nie erzählt hat, was er privat machte. Jedenfalls habe ich für ihn mal Saunahandtücher und ein spezielles Aufgussmittel bestellen müssen. Ich erinnere mich, dass er sehr von Minze als Aufguss geschwärmt hat."

„Dann wissen Sie vermutlich auch nicht, welche Sauna er besuchte?"

Emilie Schrader konnte dem Kommissar nicht weiterhelfen. Aber dennoch ahnte Simarek, dass er auf der richtigen Spur war. Wenn sich Schmidtbauer tatsächlich mit einem Aufguss selbst ins Jenseits befördert hatte, dann musste jemand sehr genau über die Gewohnheiten des Unternehmers Bescheid gewusst haben. Im Kopf des Kommissars formte sich ein möglicher Tathergang. Wahrscheinlich war, dass Schmidtbauer regelmäßig eine Sauna besuchte, in der er für sich alleine war. Und der Mörder wusste genau, wo und wann das war, nämlich freitags zwischen zweiundzwanzig Uhr und Mitternacht. Jetzt musste der Mörder Schmidtbauer nur noch dazu bringen, einen Blausäure-Aufguss zu machen und schon war er am Ziel. Wie er das bewerkstelligt hatte, da gab es wohl mehrere Möglichkeiten. Aber dass es so war, daran zweifelte Robert Simarek nicht mehr. Und auch Fabio Trulli fand die Theorie seines Chefs sofort plausibel.

„Bleibt nur noch ein Problem", stellte er fest. „Wie finden wir jetzt diese Sauna? Die kann ja überall im Saarland sein."

„Stimmt...", bestätigte Simarek und grinste seinen Assistenten vielsagend an.

„Och nö…, du meinst, ich soll jetzt alle Saunalandschaften im Saarland durchtelefonieren? Commissario, das ist öde und dauert. Das sind bestimmt… äh, ganz viele.“

„Ist aber nicht zu ändern. Kannst dir ja ’nen flotten Reim dazu ausdenken. Und noch was, ruf auch mal in dem Pflegeheim an und frag nach, was mit Marius’ Mutter ist. Vielleicht sollten wir die auch noch besuchen. Und schick die Kriminaltechniker doch zu Wolfgang Bergmann, die sollen seinen Landrover noch untersuchen, sicher ist sicher.“

Simarek wusste selbst nicht, warum er diese letzte Anweisung gab. Irgendetwas sagte ihm, er solle auf Nummer sicher gehen.

„Äh, Cheffe?“ Fabio versuchte einen besonders gequälten Gesichtsausdruck.

„Was ist noch?“

„Machst du eigentlich auch was?“

•

Das Fax aus Köln war am Morgen gekommen, die Leiche von Gesine Mollet von der Kölner Rechtsmedizin freigegeben. Nun sollte sie zur Bestattung nach Saarlouis überführt werden. Simarek hatte gleich, als er die amtlichen Zeilen aus Köln las, das Bedürfnis verspürt, Gesines Eltern noch einmal aufzusuchen. Auch wenn Gesines Tod keinen Anlass für Ermittlungen der

Mordkommission gab, so sah er in der Beziehung zwischen ihr und Schmidtbauer doch ein wesentliches Puzzleteil zum Verständnis des gesamten Falles. „Mag er mich auch noch auf dem Gewissen haben“, hatte Gesine in ihrem Abschiedsbrief geschrieben. Das legte nahe, dass Gesine Mollet tief in die Vergangenheit von Alfons Schmidtbauer eingedrungen war und Dinge wusste, die sich ihm und Trulli bislang nicht erschlossen hatten. Was hieß „auch noch“? Vielleicht wusste Simone Richter, die Psychotherapeutin, mehr, als sie bislang erzählt hatte. Er würde auch sie noch einmal gezielter befragen müssen, jetzt da es neue Erkenntnisse über Schmidtbauers Leben gab. Vielleicht hatte Gesine gewusst, was es mit Schmidtbauers Hundezucht und den Besuchen bei Marius' Mutter auf sich hatte. Vielleicht hing das alles aber auch überhaupt nicht miteinander zusammen, und der Schlüssel zum Mord an Schmidtbauer lag an ganz anderer Stelle und der Fall viel einfacher. Er musste dringend die vielen losen Fäden dieses Falles in seinem Kopf sortieren. Er beschloss, dies am Abend mit einem ausgiebigen Besuch in der Badewanne zu verbinden. Jetzt aber standen zunächst Erna und Gabriel Mollet noch einmal auf seinem Programm. Er wusste gar nicht, warum er so sicher war, die Mollets zu Hause anzutreffen. Beide waren wohl noch nicht im Rentenalter. Aber beide waren weit über fünfzig. Bei der gegenwärtigen wirtschaftlichen Lage war es eher unwahrscheinlich, dass beide noch eine reguläre Arbeitsstelle hatten. Und so war Robert Simarek wenig verwundert, dass sich sogleich die Türe öffnete, als er den kleinen Vorgarten in der Moltkestraße 22 betreten hatte.

„Ich habe Ihr Auto gehört“, begrüßte ihn Erna Mollet. Sie trug eine blaue Kittelschürze und reichte ihm zur Begrüßung den Ärmel ihres graublauen Sweatshirts, denn an ihren Händen klebte feuchte Blumenerde.

„Ich muss was tun“, sagte sie, und es klang nicht nach einer Entschuldigung, sondern eher nach einer sachlichen Feststellung. „Das Leben geht für mich und Gabriel ja noch weiter. Und das Umtopfen meiner selbstgezogenen Avocado-Bäumchen schiebe ich jetzt schon ziemlich lange vor mich her. Außerdem lenkt es ein bisschen ab. So kann ich Kraft sammeln, denn die Beerdigung müssen wir auch noch überstehen.“

„Sie wissen bereits, dass die Kölner Rechtsmedizin die Leiche von Gesine zur Bestattung freigegeben hat?“ Der Kommissar war eigentlich nicht überrascht.

„Wir haben einen hiesigen Bestatter beauftragt, sich um die Überführung zu kümmern. Ein guter Freund von uns. Der hat in Köln nachgefragt, und man hat ihn gleich nach der Freigabe informiert. Am Freitagmorgen ist die Beerdigung. Gabriel ist gerade unterwegs, um ein paar Dinge zu regeln.“

Erna Mollet machte, wie auch bei Simareks letztem Besuch, einen sehr gefassten Eindruck. Das erleichterte es dem Kommissar, gleich zur Sache zu kommen.

„Frau Mollet, wir haben mittlerweile herausbekommen, dass Gesine ein Verhältnis mit ihrem Chef hatte.“

„Waren Sie deshalb am Sonntag hier? Sie haben da den Tod von Schmidtbauer gar nicht erwähnt. Das habe ich erst gestern im Radio gehört."

„Nein, ich habe erst durch Sie erfahren, dass Gesine bei *ASP* gearbeitet und dann vor zwei Jahren gekündigt hat. Vorher wussten wir nichts davon. Aber wir müssen natürlich jetzt allen Spuren nachgehen. Und was wir bislang herausgefunden haben, klingt, als habe Schmidtbauer Ihre Tochter stark unter Druck gesetzt. Man könnte sagen, er hat erheblich zum Freitod Ihrer Tochter beigetragen."

„Und jetzt vermuten Sie einen Zusammenhang, weil beide zur gleichen Zeit ums Leben kamen?"

„Ich kann diesen Zusammenhang nicht ausschließen, die Zeitgleichheit kann aber auch ein seltsamer Zufall sein."

„Sie meinen, wenn Gesine vom Tod Schmidtbauers gewusst hätte, könnte sie noch leben?" Erna Mollets Augen wurden feucht. Doch sie hatte sich schnell wieder im Griff.

„Alles das werden wir wohl kaum klären können. Ich glaube auch nicht, dass es einen logischen Zusammenhang im Ablauf zwischen dem Freitod in Köln und dem Mord in Saarbrücken gibt. Aber ich glaube, dass beide Ereignisse Teil einer gemeinsamen Geschichte sind. Und die versuche ich zu entschlüsseln."

„Ich habe geahnt, dass sie mit der ‚unglücklichen Liebe' ihren Chef gemeint hat. Wir haben nie darüber gesprochen. Aber es lag nahe, das zu vermuten."

„Wieso?"

„Na ja, Sie war viel unterwegs für *ASP*. Und meistens alleine mit ihrem Chef. Das brachte die Arbeit als persönliche Assistentin so mit sich. Sie waren eigentlich überall zusammen. Rom, Madrid, Paris. Da kommen einem schon so ein paar Gedanken. Aber Gesine hätte darüber nie mit mir gesprochen. Und mit Gabriel schon gar nicht."

„Und es gab auch keine Hinweise, nachdem Gesine bei *ASP* gekündigt hatte?"

„Sie hat nur gesagt, sie kann da nicht mehr hin zu *ASP*. Alles Weitere hat sie ihrer Psychotherapeutin erzählt..."

„...und der Puppe", ergänzte der Kommissar gedankenverloren.

„Ja, der Puppe. Ich habe sogar noch das Foto, das Gesine von der Puppe gemacht hat. Merkwürdig, was man so alles aufhebt." Sie betrachtete das Foto nachdenklich und legte es zurück zu Papieren und anderen Fotos auf die Kommode.

Simarek merkte, dass ihn dieser Besuch nicht weitergebracht hatte. Aber er hatte ihn bestätigt in dem, was er wusste und zu wissen glaubte. Gesine war tief in die Vergangenheit und in das Leben von Schmidtbauer eingetaucht. Was sie dabei erfuhr und mit ihm erlebte, hatte ihr persönliches Unglück noch größer gemacht. Sie war in einer Flut von eigenen und fremden Gefühlen ertrunken. Der eigene und der fremde Schmerz waren so groß geworden, dass sie beides nicht mehr aushalten wollte. Das war die Krankheit, unter der sie litt, dass sie nur im Tod die Befreiung sehen konnte. Simarek wurde unendlich traurig.

„Werden Sie zur Beerdigung kommen?“ Die Frage von Erna Mollet schreckte ihn aus seinen Gedanken auf.

„Ich werde da sein“, sagte der Kommissar und ging.

•

Robert Simarek fuhr langsam, als er die Moltkestraße verließ, vorbei an Madame Eve und ihren Damen, von denen zwei, die eine rot, die andere blond, auf der Straße standen und rauchten. Er wusste mittlerweile viel, und was er nicht wusste, ahnte oder schlussfolgerte er. Schmidtbauer war einem Akt der Rache zum Opfer gefallen. Das war ihm schon klar gewesen, als er den Tatort besichtigt hatte. Jemand wollte ihn bloßstellen. So, wie er von Schmidtbauer bloßgestellt worden war? Irgendetwas musste die Drapierung der Leiche verraten. Doch was? Die Vergangenheit war der Schlüssel, da war sich Simarek sicher. Doch wie weit musste er in die Vergangenheit zurück, um das Schloss zu finden, in das der Schlüssel passte? Er hatte keine Ahnung. Schmidtbauer hatte zeitlebens genug Feinde gesammelt. Selbst in jüngster Vergangenheit. Motive ließen sich zuhauf finden. Und auch bei *ASP* würde Bergmann nicht der Einzige sein, der eins gehabt hätte. Aber würde das weiterführen? Simareks Instinkt sagte: „Du musst tiefer suchen. An der Oberfläche findest du die Lösung nicht.“ Doch wo sollte er suchen? Er war entmutigt und beschloss, noch einen langen Spaziergang zu machen, um seinen Kopf zu lüften. Deshalb fuhr er bei Völklingen von der Autobahn ab, um einen Ausflug in den Warndt zu machen. Hier in den Wäldern an der Grenze zu Frankreich musste er noch nicht einmal sein Handy ausschalten, um nicht erreichbar zu sein. Denn es gab weit und breit keine Sendemasten und deshalb auch keinen Empfang. Es roch nach feuchtem Laub, als er aus seinem Peugeot ausstieg, den Kragen seiner Jacke hochschlug und den Weg am Rande des Waldes entlangtrottete. Langsam wurde sein Kopf leer. Er dachte gar nichts mehr und lief eine gute Stunde, bis er bemerkte, dass es langsam dämmerte. Er kehrte um, stieg in seinen Wagen und fuhr zurück Richtung Saarbrücken. Sobald er wieder Netzempfang hatte, meldete sich seine Mailbox.

„Sie haben drei neue Sprachnachrichten. Erste neue Nachricht, empfangen heute um sechzehn Uhr fünfundfünfzig: Hallo Cheffe, hier Fabio. Michelle hat angerufen, sie hat den Hundeverein in Forbach gecheckt. Den gibt es noch. Und Schmidtbauer war dort Mitglied bis 1964. Sie schickt uns Unterlagen. Wir reden morgen darüber, okay? – Klick – Zweite neue Nachricht, empfangen heute um sechzehn Uhr zwanzig: Hallo Herr Simarek, hier ist Duchene. Sie erinnern sich, Ihr Chef. Es gibt Nachfragen aus der Politik wegen Schmidtbauer. Rufen Sie mich morgen bitte an. Ich will auf den neuesten Stand gebracht werden. – Klick – Dritte neue Nachricht, empfangen heute um sechzehn Uhr fünf: Hier ist Simone Richter. Hallo Herr Kommissar, ich habe heute noch mal meine Gesprächsunterlagen von Gesine Mollet durchgesehen. Dabei ist mir noch Verschiedenes aufgefallen, das Ihnen vielleicht weiterhelfen kann. Ich bin noch bis fünf erreichbar. Dann geht mein Zug nach Kirn, wo ich heute Abend und morgen zur Supervision bin. Sie erreichen mich dann erst nachmittags wieder ab sechzehn Uhr. Oder Sie kommen um achtzehn Uhr in die Praxis. – Klick – Ende der neuen Sprachnachrichten."

Simarek schaute auf die Uhr. Es war siebzehn Uhr dreißig. Mist. Aber selbst wenn es früher gewesen wäre, Simarek hatte die Nummer der Psychotherapeutin nicht dabei. Die stand auf der Visitenkarte, die vermutlich auf Fabios Schreibtisch lag. Dabei hätte der Kommissar gerne gehört, was Simone Richter zu erzählen hatte. Nun würde dies vierundzwanzig Stunden warten müssen. Schade, auch weil Simarek feststellte, wie sympathisch die Stimme der Psychotherapeutin auf der Mailbox geklungen hatte.

Es war gegen achtzehn Uhr, als der Kommissar sein Auto genau vor seiner Haustüre im Viertel abstellte. Solches Glück hatte er selten, denn um diese Zeit musste er normalerweise drei Runden drehen, um überhaupt einen Parkplatz zu ergattern. Er sprang aus dem Wagen, kaufte beim Bäcker um die Ecke noch schnell zwei Brezeln gegen den kleinen Hunger und beim Türken ein Sixpack gegen größeren Durst, stieg die Stufen zu seiner Wohnung hinauf und ließ die Türe hinter sich ins Schloss fallen.

Erst jetzt merkte Simarek, wie erschöpft er war. Er ließ warmes Wasser in die Wanne laufen, kaute, während er wartete, lustlos auf einer Brezel herum und entkorkte die erste Flasche. Dann setzte er sich auf den Wannenrand und ließ sich langsam in die Wanne gleiten. Tat das gut. Er schloss die Augen und genoss den Augenblick. „Was Montalbano das Meer, ist mir die Wanne…“, dachte er und begann vor sich hin zu summen, eine Eigenart, die er sonst nur noch beim Kochen pflegte. Wie lange hatte er eigentlich kein vernünftiges Essen mehr zubereitet? Zu lange. Aber so ging es immer, wenn der Job sein Leben dominierte. Seine Gedanken kreisten zunächst weiter um den Tathergang, von dem er jetzt schon sehr konkrete Bilder vor Augen hatte. Er fragte sich, ob Schmidtbauer selbst das tödliche Wasser auf den Ofen geschöpft oder ob er in einer dieser modernen Saunen mit automatischem Aufguss gesessen hatte.

Der Kommissar hatte eine solche Sauna vor gut einem Jahr besucht, gemeinsam mit Evi. Es war eine finnische Sauna gewesen, die jeweils zur halben Stunde einen kleinen automatischen Aufguss zu Meditationsmusik anbot. Über die Musik hatten er und Evi noch gelästert, sie fanden das fernöstliche Gedudel eher nervtötend. Aber die Aufgusstechnik begeisterte sie. Kein störender Bademeister, der mit einem Handtuch wedelte. Und Simarek fand die feinen Wasser- und Schweißperlen auf Evis Körper hoch erotisch. Für Sex war es ihm dann aber doch zu heiß gewesen, auch wenn sie die Sauna ganz für sich hatten. Ein Kollege hatte zwar einmal damit angegeben, wie toll Sex in der Sauna sei. Simarek war das aber deutlich zu anstrengend. Er bevorzugte Kissen und weiche Unterlagen. Sexy fand er Evi in der Sauna trotzdem und versuchte deshalb, die drohende Erektion mit dem Gedanken an Primzahlenzahlen zu bekämpfen. Er war genau bis dreizehn gekommen.

Der Kommissar ließ warmes Wasser nachlaufen. Er wollte am liebsten den ganzen Abend in der Wanne verbringen. Wenn er an Evi in der Sauna dachte, dann war es wieder da, das Gefühl, zu ihr zu gehören. Aber ihm drang auch der offene Konflikt ins Bewusstsein, der im Moment zwischen ihnen herrschte. Er wusste, dass sich dieser nicht aussitzen lassen würde. Ein Gespräch mit Evi würde kommen, und sie mussten sich wohl ernsthafte Gedanken um die Zukunft machen und Lösungen finden. Er wusste, dass er Evi nicht auf ein einfaches „Weiter so“ herunterhandeln konnte. Lange genug hatten beide die Beziehung treiben lassen, jetzt waren sie an einen Widerstand gestoßen. Aber wenn er seine Beziehung verglich mit der zwischen Schmidtbauer und Gesine Mollet, dann war ihm sogleich klar, dass die Strukturen zwischen ihm und Evi keine kranken waren. Da war noch was zu retten, wenn sie das beide wollten. Da musste keiner untergehen. Simarek tauchte unter, um sich das Shampoo aus den Haaren zu waschen. Als er wieder auftauchte, hatte er einen Entschluss gefasst. Das nächste Wochenende wollte er in Köln verbringen, egal, ob der Fall bis dahin gelöst war oder nicht.

Mittwoch, 16. Oktober 2002

•

„Im Mordfall Alfons Schmidtbauer tappt die Polizei offenbar weiter im Dunkeln. Wie eine Nachfrage unseres Senders beim Polizeipräsidenten ergab, verfolgt man zwar diverse Spuren, hat aber noch keinen Verdächtigen verhaftet. Der Europapolitiker Hanno Gehring von den Freien Wirtschaftsfreunden sagte, er vermute einen wirtschaftspolitischen Hintergrund der Tat. – Das Wetter im Saarland: regnerisch bei sechs bis acht Grad und für die Jahreszeit zu kalt. Das waren die Nachrichten, es ist sieben Uhr fünf."

„Scheiße", dachte Simarek. „Sauwetter und dann auch noch dieser Wichtigtuer von den Wirtschaftsfreunden." Gehring stand zwar nur an der Spitze einer Splitterpartei, schaffte es aber aufgrund seiner guten Kontakte immer wieder in die Nachrichtensendungen. Jetzt verstand der Kommissar auch, warum der Polizeichef ihm auf die Mailbox gesprochen hatte. Duchene war bekannt dafür, dass er immer nervös wurde, wenn sich die Politik um die Polizeiarbeit kümmerte. Und auch wenn Gehring keinerlei Einfluss auf die reale Politik besaß, der Mord an Schmidtbauer war so wieder im Gespräch und brachte die Polizei in Erklärungsnot. Simarek beschloss, Duchene noch am Morgen zurückzurufen, um ihn ein bisschen zu beruhigen. Die Faktenlage war nach wie vor dünn, das wusste der Kommissar. Aber dafür konnte er mit einigem Hintergrundwissen aufwarten, das belegte, dass die Polizei ihre Arbeit machte. Er wusste, Duchene brauchte in dieser Phase der Ermittlungen einfach nur das Gefühl, dass der Fall in den richtigen Händen lag. Gut, dass er sich für den Radiowecker entschieden hatte, dachte Simarek noch, so wusste er wenigstens, was der Tag für ihn bereithielt. Wenigstens dachte er das, während er in seine Klamotten stieg und an seiner Hose ein paar Waldspuren vom Vortage feststellte. Eine Wäsche würde der Hose guttun, aber die konnte sie frühestens am Abend erwarten. Simarek wartete immer so lange, bis der Kleiderschrank leer war, bevor er die Waschmaschine füllte. Dieser Zeitpunkt war nun wieder erreicht.

Als Simarek das Kommissariat betrat, wurde ihm schnell klar, dass er sich geirrt hatte. Er wusste nicht, was der Tag bringen sollte.

„Ich habe gerade einen Wagen zu Bergmann geschickt. Wir nehmen ihn vorläufig fest", erklärte Fabio einem sichtlich verdutzten Kommissar. „Der Wagen von Bergmann war zwar blitzblank, aber wir haben Haare gefunden. Die DNA-Analyse haben wir über Nacht schon bekommen. Die Haare gehören eindeutig zu Schmidtbauer."

„Ups, da hat Wolfgang Bergmann jetzt ein Problem", stellte der Kommissar fest, dem allerdings klar war, dass Haare in einem Auto allein nichts beweisen konnten. Dazu gab es zu viele Möglichkeiten, wie die dorthin gekommen waren. Aber auffällig war der Fund trotzdem. Sollte sein Instinkt diesmal versagt haben?

„Wir erwarten Bergmann innerhalb der nächsten Stunde hier. Ich nehme an, du willst das Verhör selbst führen, Commissario?", fragte Fabio und erntete ein Nicken von Simarek. „Und vorher kann ich dir noch schnell erzählen, was wir noch alles haben."

Auch dazu nickte der Kommissar nur. Fabio berichtete von seinen Recherchearbeiten. Er hatte rund fünfzig Saunabetreiber angerufen, ohne Ergebnis. Niemand kannte Schmidtbauer oder wollte ihn kennen. Ohnehin hätten nur ganz wenige Saunen nach zweiundzwanzig Uhr, also zur fraglichen Todeszeit, noch geöffnet. Auch der Anruf im Blieskasteler Pflegeheim, in dem die Mutter von Marius wohnte, hatte wenig erbracht. Ja, man habe Schmidtbauer gekannt, da er ja regelmäßig die Frau besucht habe, aber in welchem Verhältnis er zu ihr stand, wisse man nicht. Und die Patientin sei leider mit ihren sechzig Jahren schon so dement, dass ein Besuch bei ihr wohl kaum aufschlussreich sein würde. Aber immerhin habe Michelle Huppert bei ihren Recherchen in Forbach etwas herausbekommen.

„Michelle war schnell. Und tat uns kund, Erfolg mit Hund. Okay, okay." Als Fabio das Gesicht des Kommissars sah, schaltete er sofort um. „Schmidtbauer war tatsächlich beim Hundeverein Forbach Mitglied. Die haben Schäferhunde und Dobermänner, heute noch. Im Vereinshaus hängt sogar eine Biografie von Karl Friedrich Louis Dobermann. Weißt Du, dass der eigentlich Tobermann hieß? Na egal. Was viel wichtiger ist: In den alten Vereinsunterlagen gibt es sogar noch zwei Fotos von Schmidtbauer. Eins zeigt ihn mit einem Dobermann. Da hat er gerade einen Preis für Rassehunde gewonnen. Ein anderes zeigt ihn mit drei anderen Vereinsmitgliedern."

„Weiß man, wer die anderen sind?"

„Ja, das stand hinten drauf auf dem Foto. Sie heißen Peter Conrad, Jacques Desgranges und Pierre Duvall. Meinst du, es hat Sinn, nach diesen Leuten zu suchen?"

„Weiß man auch, warum Schmidtbauer den Verein damals verlassen hat? Gibt es Vorstandsprotokolle oder so was Ähnliches? Leute, die sich in Hundevereinen engagieren, sind doch bestimmt ordentlich."

„Gibt es trotzdem nicht. Alles, was vor 1970 war, haben die nicht mehr, weil es angeblich einem Wasserschaden zum Opfer gefallen ist. Nur die Ordner mit Eintritten und Austritten existieren noch. Deshalb wissen die auch, dass Schmidtbauer den Verein im Juni 1964 verlassen hat. Michelle sagte, der Vorsitzende sei auch schon über sechzig. Und der meinte sich zu erinnern, dass Schmidtbauer damals Streit hatte. Mit wem und worum es ging, wusste er aber nicht mehr. Ach, und Lisette Bouvier war auch im Verein. Sie ist auch im Juni 1964 ausgetreten."

„Und hat dann zwei Monate später Alfons Schmidtbauer geheiratet. Das klingt merkwürdig, aber ob uns das weiterbringt? Das ist doch alles schon ziemlich lange her."

Fabio zuckte mit den Schultern. „Na ja, eine heiße Spur scheint das nicht zu sein. Aber offensichtlich war Schmidtbauer schon damals kein angenehmer Zeitgenosse. Überall, wo man auf ihn trifft, gab es Streit und Ärger."

„Wie hießen noch mal die drei anderen auf dem Foto?"

Fabio kramte in seinen Zetteln. „Peter Conrad, Jacques Desgranges und Pierre Duvall", las er noch einmal vor.

„Pierre Duvall."

Bei Simarek machte es „klick".

„Es würde mich sehr wundern, wenn das nicht der Prokurist von *ASP* ist. Kannst du Michelle anrufen und fragen, ob sie morgen noch mal mit mir zu *ASP* fahren kann? Selbst wenn dieser alte Streit im Hundeverein nichts mit dem Mord zu tun hat. Das trägt alles zum Persönlichkeitsprofil von Schmidtbauer bei. Und das ist im Augenblick ein wichtiges Erklärungsmuster."

„Es sei denn, Bergmann gesteht gleich alles im Verhör."

Daran glaubte Simarek aber nicht. Allerdings war er sich nicht mehr sicher, ob Bergmann nicht doch gelogen hatte, als er behauptete, die Mordnacht betrunken auf dem Teppich liegend verbracht zu haben.

Das Telefon klingelte und riss den Kommissar aus seinen Gedanken.

„Kriegt man Sie auch mal an die Strippe?“ Der Polizeichef klang genervt.

„Ich wollte auch gerade anrufen“, log Simarek, dem die Nachricht Duchenes auf seiner Mobilbox wieder einfiel. „Sie machen sich Sorgen wegen der Freien Wirtschaftsfreunde?“

„Ich habe mich schon wieder beruhigt. Vor allem, weil mir gestern der Innenminister bestätigt hat, dass die maßgebliche Politik nichts an unserer Arbeit auszusetzen hat. Aber wir brauchen Ergebnisse, oder stochern Sie noch immer im Nebel herum?“

„Wir haben soeben jemanden verhaftet. Aber die Beweislage ist diffus, und das Bild stimmt noch nicht so ganz. Ich glaube, es fehlen uns noch ein paar wesentliche Puzzleteile.“

„Dann suchen Sie mal. Sie wollen ja schließlich auf der Pressekonferenz am Freitag was zu erzählen haben.“

„Schon wieder eine Pressekonferenz?“ Simarek wollte gerade protestieren, aber der Polizeichef beendete das Gespräch und wünschte dem Kommissar noch einen erfolgreichen Tag.

•

Als Simarek das Verhörzimmer betrat, war schon alles vorbereitet. Das Aufnahmegerät stand auf dem Tisch, und Wolfgang Bergmann saß etwas verunsichert auf einem Stuhl. Von seiner Verhaftung war er zwar überrascht gewesen. Er hatte den Streifenpolizisten, die ihn abholten, aber keinerlei Widerstand geleistet. Die Verwunderung über die aktuelle Entwicklung stand ihm noch immer ins Gesicht geschrieben. Der Kommissar setzte sich, und Fabio diktierte ins Aufnahmegerät: „Mittwoch, 16. Oktober 2002, zehn Uhr fünf. Nach erkennungsdienstlicher Behandlung Verhör mit Wolfgang Bergmann, geboren am 18. Oktober 1960 in Ensheim, wohnhaft in Saarbrücken, Moritzstraße 12."

„Sie haben übermorgen Geburtstag", stellte Simarek fest. „Mal sehen, wo Sie den verbringen werden. Man hat Sie über Ihre Rechte aufgeklärt, und Sie kennen das Problem?"

„Sie haben Haare von Schmidtbauer in meinem Landrover gefunden, und ich habe absolut keine Ahnung, wie die da reingekommen sind. Ich bin absolut ratlos."

„Nun, es könnte so gewesen sein: Sie haben die nackte Leiche Schmidtbauers in den Kofferraum gelegt und in der Nacht zum Samstag an die Saar gefahren. Dort haben Sie Schmidtbauer sorgsam abgelegt und dann Ihr Auto gründlich geputzt und dabei nur leider ein paar Haare übersehen", erklärte Simarek.

„Wenn ich Sie wäre, würde ich diese Schlüsse vermutlich auch ziehen.“ Bergmann wirkte resigniert. „Da spricht ja wirklich alles gegen mich. Wahrscheinlich nützt es wenig, wenn ich Ihnen versichere, dass es so nicht gewesen sein kann. Ich lag besoffen auf dem Teppich in meinem Wohnzimmer.“

„Alternative: Ihre Frau kommt heimlich aus Britten zurück, bringt Schmidtbauer um und fährt ihn mit dem Landrover an die Saar, um anschließend mit ihrem Auto wieder nach Britten zur Cousine zu fahren.“

„Warum sollte sie das tun?“

„Keine Ahnung. Weil sie gesehen hat, wie sehr Sie unter Schmidtbauer gelitten haben. Aber im Ernst: Natürlich glaube ich das nicht. Erstens war Schmidtbauer viel zu schwer für Ihre Frau. Und zweitens zweifle ich nicht wirklich an dem Alibi Ihrer Frau. Ich wollte nur darauf hinweisen, dass es manchmal ganz abstruse Lösungen geben kann, die keiner sieht. Wir wissen mittlerweile, wie Schmidtbauer gestorben ist, wir wissen nur noch nicht genau, wo. Und der Fund im Laderaum Ihres Autos hat Sie ratzfatz wieder in den Kreis der Verdächtigen gebracht.“

„Können die Haare nicht auch auf anderem Wege dorthin gelangt sein? Ich meine, vielleicht haben sie an einem Ordner geklebt, den ich mal mit nach Hause genommen habe. Oder ich hatte Haare von ihm auf meiner Jacke, die ich dann in den Laderaum geworfen habe, oder…“

„Möglich ist vieles. Und wir können leider nicht feststellen, wie lange die Haare dort schon liegen. Das heißt: Die Haare beweisen nichts. Aber sie sind ein Indiz. Und muss ich dazu noch erwähnen, dass es wirklich blöd aussieht, dass Sie just am Wochenende eine gründliche Innenreinigung Ihres Landrovers vorgenommen haben?"

„Das sieht wirklich reichlich blöd aus." Bergmann wirkte immer nervöser. „Aber ich war's trotzdem nicht."

„Und wissen Sie was, ich halte es zumindest für möglich, dass Sie es nicht waren", antwortete der Kommissar. „Gehen Sie eigentlich in die Sauna?"

Jetzt war Bergmann verdutzt: „Äh, manchmal, warum?"

„Und wo?"

„Unterschiedlich. Mal in Tholey im Schaumbergbad, mal in Saarbrücken..."

„Schmidtbauer ist Ihnen wohl nie in der Sauna begegnet?"

„Nein, der bevorzugte eine kleine private Saunalandschaft in Fechingen. Soweit ich weiß, hatte er da spezielle Konditionen und nutzte diese auch." Jetzt schaute der Kommissar verdutzt.

„Woher wissen Sie das?"

„Ich habe ihm den Kontakt vermittelt."

„Und warum haben Sie das nicht schon vorher gesagt?" Dem Kommissar fiel sofort auf, dass diese Frage nicht zu seinen schlaueren gehörte. Denn woher sollte

Bergmann wissen, dass die Sauna der Tatort war, es sei denn, er selbst wäre der Täter? Gerade dann hätte er aber wohl besonderen Grund gehabt, die Sauna nicht zu erwähnen.

„Ist das irgendwie von Bedeutung?"

Bergmann und Simarek befanden sich jetzt unausgesprochen in einem Wettkampf, wer von ihnen beiden verblüffter dreinschauen konnte. Im Augenblick stand es zwei zu eins für Bergmann, doch Simarek sollte noch aufholen. Doch zunächst erklärte er: „Wir gehen davon aus, dass Schmidtbauer in der Sauna gestorben ist und dass der Mörder die Gewohnheiten Schmidtbauers kannte."

„Scheiße!", entfuhr es Bergmann, dem sofort klar war, dass auch das auf ihn selbst zutraf, aber nicht nur auf ihn allein.

„Ich habe Schmidtbauer die private Saunalandschaft in Fechingen empfohlen, weil er eine Sauna gesucht hat, in der er allein sein konnte. Also quasi nach Betriebsschluss. Mein Bruder Ralf ist dort Saunameister und hat mit Schmidtbauer einen Deal gehabt." Jetzt stand es zwei zu zwei, und Bergmann fuhr fort: „Er hat ihn nach Absprache reingelassen und Schmidtbauer hat am Ende des Abends die Sauna ausgestellt und die schwere Metalltür am Hinterausgang benutzt. Ich habe eigentlich immer ein doofes Gefühl bei diesem Arrangement gehabt. Aber mein Bruder hat es nicht so dicke, und Schmidtbauer hat, glaube ich, ziemlich gut für diesen Extraservice gezahlt. Das konnte Ralf gut gebrauchen."

„Und hat Ihr Bruder zufällig auch einen Schlüssel zu Ihrem Landrover?"

„Hat er. Aber Herr Simarek, was für ein Motiv sollte er haben? Das ist doch alles Schwachsinn."

„Jedenfalls scheint die Familie Bergmann tiefer in diesen seltsamen Fall verwickelt zu sein, als ich dachte. Wir werden Sie dabehalten müssen wegen dringenden Tatverdachts. Noch dazu besteht Verdunklungsgefahr, denn Sie werden jetzt bestimmt Ihren Bruder anrufen wollen. Ich persönlich bin immer noch geneigt, Ihnen zu glauben, was Ihre Nacht auf dem Teppich angeht. Aber..."

„...das nützt mir im Moment nichts, meinen Sie. Das sieht ja auch wirklich richtig blöd für mich aus."

„Und wo Sie Ihren Geburtstag verbringen werden, wage ich im Moment auch nicht vorauszusagen."

Damit war das Gespräch beendet und Ralf Bergmann zur Fahndung ausgeschrieben. Vielleicht würden sie ihn ja gleich im Dienst antreffen und mitnehmen können.

•

„Commissario?"

„Si, Fabio?"

„Warum glaubst du dem Bergmann eigentlich? Ich meine, wir haben zwar nur Indizien, davon aber eine ganze Menge: die Haare im Auto, ein klares Motiv und kein Alibi."

Fabio Trulli und Robert Simarek saßen im Peugeot des Kommissars. Es waren nur wenige Kilometer zu der kleinen Saunalandschaft in Fechingen. Sie hatten beschlossen, ohne Ankündigung vorzufahren, um Ralf Bergmann, sollte dieser Fluchtabsichten haben, zu überraschen. Als sie durch Brebach fuhren, registrierte Simarek einmal mehr den industriellen Charakter des Stadtteils, der rund um die Halberger Hütte entstanden war. Eine Mischung aus Stadt und Industriesiedlung. Und gleich danach kam Fechingen, das früher ein Dorf war und diesen Charakter beibehalten hatte. Es lag in der grünen Zone von Saarbrücken, umgeben von Wald und Feldern. Solche Gegensätze auf engstem Raum gab es häufig im Saarland. Das machte das kleine Land zu etwas Besonderem. Um zur Saunalandschaft zu gelangen, verließen sie die Flughafenstraße kurz vor Ortsende und bogen in die Ringstraße ein, denn der kleine Betrieb lag in der Nähe des Fußballplatzes. Der Streifenwagen mit zwei weiteren Beamten folgte ihnen so unauffällig das für einen Streifenwagen möglich war.

„Fabio, ich kann das kaum begründen. Ich weiß selbst, dass Mörder in der Regel nicht aussehen wie Mörder. Aber Bergmann handelt nicht so. Von der Geschichte mit der Sauna war er überrascht. Und er ist ein ziemlich schlechter Schauspieler, das habe ich bei meinem Besuch bei *ASP* festgestellt. Da war er alles andere als souverän.“

„Oder er ist ein sehr guter Schauspieler und hat auch

das gespielt“, meinte Fabio. Der Kommissar staunte über den Scharfsinn seines Assistenten. Manchmal war Fabio für echte Überraschungen gut. Sie parkten etwa fünfzig Meter entfernt, um kein Aufsehen zu erregen, und standen bald vor dem Eingang der Saunalandschaft. Ein Schild wies darauf hin, dass zwischen zehn und zweiundzwanzig Uhr geöffnet sei. Es war bereits Mittag und die Tür demzufolge offen. Also traten der Kommissar und seine drei Begleiter ein. Am Empfangstresen saß ein kaum achtzehnjähriger Bursche in Bademeistermontur mit offensichtlichen Hautproblemen. Er sprang beim Anblick der beiden uniformierten Polizisten in Simareks Begleitung sogleich auf und kündigte an, den Chef zu holen, der, wie sich herausstellte, zugleich der Vater des Pickelgesichtes war.

„Ich nehme nicht an, dass Sie in die Sauna wollen?“

„Nein, aber wir müssen Ihre Sauna inspizieren…“, formulierte es Trulli ganz gewählt, „…und außerdem müssen wir mit Ralf Bergmann sprechen.“

„Ralf hat sich freigenommen. Der ist mit seiner neuen Flamme ins Elsass gefahren. Hat er denn was angestellt?“

„Um das herauszubekommen, sind wir hier. Wie viele Mitarbeiter haben Sie denn?“

„Wir sind ein kleiner Betrieb. Mein Sohn und ich machen in der Regel den Laden auf. Am frühen Abend kommt dann noch Samira, eine ausgebildete Masseurin, für drei Stunden. Und ansonsten haben wir noch den Ralf. Der kommt immer gegen drei und bleibt bis zum

Ende und macht die Kasse. Er geht dann so gegen dreiundzwanzig Uhr. Ja, und dann gibt es noch eine Reinigungsfirma, die kommt manchmal frühmorgens, manchmal aber auch schon nachts zum Betriebsschluss. Aber was heißt Firma, die schicken meistens einen Rentner, der sein Taschengeld aufbessert. Das reicht, um unsere wenigen Räume sauber zu halten. Und tagsüber gucken wir hin und wieder ja auch nach dem Rechten und bessern nach, wenn das nötig ist."

„Und jetzt ist Ralf Bergmann im Urlaub. War das lange geplant?"

„Nein, er wollte spontan verreisen und hat sich drei Tage freigenommen. Montag kam er auf die Idee, gestern ist er gefahren. Das ist bei uns eigentlich auch kein Problem. Zur Not springt meine Tochter noch mit ein."

„Das heißt, ab übermorgen arbeitet er wieder?"

„Klar, Freitag, Samstag und Sonntag läuft unser Hauptgeschäft. Das weiß auch der Ralf."

Simarek und Trulli verständigten sich stumm mit Blicken, und der Assistent bedeutete den Streifenpolizisten, dass sie nicht mehr benötigt würden. Wenn Ralf Bergmann bereits seit Dienstag nicht mehr im Lande war, dann bestand jetzt auch bei der Einleitung weiterer Schritte keine besondere Eile. Denn wenn Bergmann tatsächlich abtauchen wollte, dann konnte er bereits in Spanien oder sonst wo sein.

„Wir müssten dann mal Ihre Saunalandschaft anschauen, inklusive der technischen Einrichtungen."

„Wir haben eine finnische Sauna und ein türkisches

Dampfbad. Ansonsten Ruheraum, Massageraum, Tauchbecken, Whirlpool und ein kleines Schwimbad."

„Gut…", sagte der Kommissar, „besonders die finnische Sauna interessiert uns, da müssen wir mal reinschauen." Simarek zog sein Sweatshirt über den Kopf.

„Die hat jetzt schon neunzig Grad. Brauchen Sie Handtücher?"

„Was ist, Fabio? Ich denke, wir machen einen Saunagang und Sie kommen bitte mit, Herr…"

In diesem Moment merkte Simarek, dass er den Saunabetreiber gar nicht nach seinem Namen gefragt hatte. Die Anwesenheit der Streifenpolizisten hatte das übliche Vorstellungsritual wohl überflüssig gemacht.

„Müller, nicht sehr originell, ich weiß."

„Und wir sind von der Abteilung Mord und Totschlag. Mein Name ist Robert Simarek und das ist mein Kollege Fabio Trulli. Und sollte der in der Sauna anfangen zu reimen, wundern Sie sich nicht. Dem ist dann nicht die Hitze zu Kopf gestiegen. Das macht der öfter."

Simarek grinste und Fabio wünschte seinen Chef mit Blicken zur Hölle. Nun ja, heiß genug würde es werden in den nächsten Minuten.

Genau neunundachtzig Grad zeigte das Thermometer der finnischen Sauna, als Simarek, Trulli und Theo Müller den kleinen Raum betraten, der kaum mehr als sechs Menschen Platz bot.

Die Luftfeuchtigkeit laut Hygrometer betrug unter zehn Prozent.

„Puh, ist das warm", stöhnte Fabio, der, anders als

Simarek, aber nicht schwitzte. Beim Kommissar hatten sich bereits nach zwei Minuten dicke Schweißperlen auf der behaarten Brust und der Stirn gebildet.

„Uns interessiert besonders der Aufguss", sagte Simarek zu Theo Müller.

„Der erfolgt bei uns entweder automatisch oder ferngesteuert", erklärte der Saunabesitzer. „Wir wollen nämlich weder, dass unsere Saunagäste das selbst machen, noch können wir permanent dabei sein, weil wir oft anderes zu tun haben. Außerdem können Sie in einer so kleinen Sauna auch auf das Wedeln mit Handtüchern und ähnliche Rituale verzichten. Also haben wir selbst eine kleine Aufgussanlage gebaut. Ralf hat sie selbst entworfen."

„Und wie funktioniert das?"

„Ganz einfach. Entweder, wenn viel Betrieb ist, programmieren wir einen automatischen Aufguss. Dann läuft alle halbe Stunde Wasser mit Saunaöl vermischt aus diesem Zulauf auf den Ofen." Theo Müller zeigte auf eine Holzrutsche, die, offenbar von außen kommend, gut vierzig Zentimeter über den Lavasteinen endete. „Oder aber die Automatik ist ausgeschaltet. Dann gibt es da kurz hinter Ihnen diesen Knopf. Wenn Sie den drücken, dann lösen Sie ebenfalls einen automatischen Aufguss aus."

Simarek drückte den Knopf und Wasser schoss die Rutsche entlang auf den Ofen.

„Und jetzt wird's richtig heiß, auauau…", jammerte Trulli.

„Das fühlt sich nur so an“, erklärte Müller. „Der Aufguss verstärkt nur Ihr persönliches Hitzeerleben. Das liegt daran, dass sich Kondenswasser auf Ihrer Haut niederschlägt und Kondensationswärme an Ihren Körper abgibt.“

„Aha.“ Simarek lief das Wasser den Körper hinunter. „Dann ist das gar kein Schweiß. Wie wird denn der Tank für den Aufguss befüllt?“

„Von außen, da gehen gut fünf Liter rein. Das reicht für zweimal Aufguss. Das heißt: Wir füllen regelmäßig nach und wechseln dabei auch die Duftöle.“

„Okay, genug geschwitzt, jetzt sehen wir uns das auch noch von außen an.“

Fabio verstand das Signal sofort und stürzte aus der Sauna. Und während Simarek sich mit Müller den Tank von außen besah, tauchte Trulli mehrfach in eiskaltem Wasser unter.

Der Aufgusstank war, wie der Kommissar bereits vermutet hatte, leicht zugänglich. Eine einfache Klappe oben ermöglichte das Nachfüllen von Wasser. Unten gab es zudem einen Drehverschluss, mit dem man die Restflüssigkeit ablassen konnte, wenn man die Duftstoffe wechseln wollte. Natürlich konnte auch ein Mörder den Rest des nicht mehr benötigten Blausäure-Wassergemischs so ablassen. Aber das war vom Hersteller sicher nicht so vorgesehen gewesen, oder doch?

„Ich will ja nicht neugierig sein…“ Theo Müller hatte bislang alle Fragen beantwortet und Erklärungen gegeben, ohne nach den Gründen des Polizeibesuchs zu fragen. „Aber mich würde schon interessieren, warum die Mordkommission sich für meine Saunalandschaft interessiert."

„Nun. Wir denken, dass hier am vergangenen Freitag ein Mord passiert ist. Und dass die Mordwaffe ein Aufguss war."

„Das kann doch gar nicht sein! Das klingt ja aberwitzig."

„Ein fast perfektes Verbrechen", antwortete der Kommissar. „Aber eben nur fast. Wie alle Verbrechen. Wussten Sie, dass Ralf Bergmann manchmal einen Privatgast nach zweiundzwanzig Uhr in der Sauna hatte?"

„Ja, das hat er mit mir abgesprochen, dass er hin und wieder mal nach Betriebsschluss noch mit einem Freund in die Sauna geht. Ist das verboten?"

„Mit einem Freund, hmm. Nein, verboten ist das sicher nicht. Fabio, wir müssen weiter. Und falls Ralf Bergmann heute schon hier auftaucht, rufen Sie uns selbstverständlich an."

„Selbstverständlich", sagte Theo Müller und runzelte die Stirn. Dass seine Sauna ein Tatort und seine Aufgussautomatik eine Mordwaffe sein sollten, das überraschte ihn schon. Dass aber der Kommissar Ralf Bergmann möglicherweise für einen Mörder hielt, ging ihm nicht in den Kopf. Der Ralf, da war er ganz sicher, würde so etwas nie tun.

Draußen stiegen der Kommissar und sein Assistent wieder in den alten Peugeot. „Wie finden wir jetzt Ralf

Bergmann?“, dachte Simarek, doch Fabio Trulli hatte zunächst anderes im Sinn und steuerte zielsicher eine Tankstelle an: „Nach so viel Schweiß brauch ich ein Eis.“

„Ich nehm’ auch eins“, dachte Simarek.

•

Nun gab es zwei Verdächtige, und Simarek saß wieder in seinem Büro und starrte die Wand an. Denn Wolfgang Bergmann hatte zwar ein Motiv, wenn man den betrieblichen Ärger und Streit als solches in Betracht ziehen wollte, aber bei Ralf Bergmann blieb der Kommissar ratlos. Und Wolfgang Bergmann, den er soeben noch einmal befragt hatte, wusste nicht, wohin sein Bruder verschwunden sein konnte. Von einem Urlaub hatte er nichts gesagt, behauptete Bergmann, bestätigte aber auch, dass sein Bruder für spontane Entschlüsse bekannt war. Bergmann hatte ein paar Namen von Bekannten und Freunden seines Bruders genannt, und Fabio hatte angeboten, ein wenig zu telefonieren. Der Kommissar selbst hatte am späten Nachmittag noch einen Besuch in der Praxis von Simone Richter geplant und stellte fest, dass er sich regelrecht auf diesen Termin freute. Der Mordfall war kaum der Grund dafür, die Psychotherapeutin dagegen schon. Gleichzeitig hatte er, weil er so fühlte, ein schlechtes Gewissen gegenüber Evi. War er dabei, sich in eine andere Frau zu verlieben? Oder war es nur ein freundschaftliches Gefühl, ein erwachendes Interesse für einen faszinierenden Menschen, das ihn ergriffen hatte? Er konnte das nicht richtig einschätzen, denn das Einordnen und Bewerten eigener Gefühle gehörte nicht zu seinen Stärken. Er fühlte eben einfach, was gab es da zu reden? Gleichzeitig wusste er aber auch, dass Gefühle, die er nicht einzuordnen vermochte, auch schon Anlass für Verwirrung gewesen waren, und nicht nur bei ihm. Er wischte den Gedanken aus seinem Kopf wie von einer Tafel und versuchte sich wieder auf den Fall zu konzentrieren. Was übersah er? Oder übersah er gar nichts? War doch alles eindeutig? Waren die Brüder Bergmann tatsächlich in die Sache verwickelt und er musste nur noch das Motiv genauer ergründen? Sollte er sich auf die Brüder konzentrieren und die anderen Spuren, denen er noch nachgehen wollte, erst einmal hintanstellen? Fabio hatte noch einmal darauf aufmerksam gemacht, dass die Faktenlage die Bergmann-Brüder stark belaste. Und Fabio gab mehr auf Fakten als auf Instinkt. Umso bemerkenswerter fand es Simarek, dass Fabio in diesem Fall auch auf die Ungereimtheiten und offenen Fragen hingewiesen hatte und deshalb der Meinung war, sie sollten allen Spuren weiter folgen. Damit schätzten Kommissar und Assistent den Fall ähnlich ein, für Simarek ein klares Votum, den Kreis der Verdächtigen noch nicht zu eng zu ziehen, sondern weiterhin in alle Richtungen zu denken. Da waren vielleicht noch alte Rechnungen offen bei *ASP* oder im Hundeverein, vielleicht auch bei Kunden oder Politikern, wer wusste das schon? „Schmidtbauer war offenbar ein Kotzbrocken gewesen“, dachte der Kommissar. Vermutlich wurde die Liste seiner Feinde immer länger, je tiefer er in die Vergangenheit des Unternehmers eintauchte. Aber er hatte sich auf diese Tour in die Vergangenheit eingelassen und hoffte, weitere Puzzleteile auch bei Simone Richter zu finden. Da aber bis achtzehn Uhr noch reichlich Zeit war, beschloss Simarek, auf ein Bier in der *Gelben Kastanie* vorbeizuschauen. Dafür war es zwar reichlich früh, andererseits hatte der Kommissar aufgehört, seine Überstunden zu zählen und gönnte sich ab und an den Luxus, mal den Nachmittag selbstbestimmt zu verbringen.

Ansgar saß an einem der spärlich beleuchteten Tische und machte seine Hausaufgaben, während Biggi hinter dem Tresen Gläser polierte. Willi zutschelte an einem Bier und haderte mit seinem Schicksal. Er hatte gerade einen Streit mit seiner Frau hinter sich, weil er aus ihrer Sicht zu viel Geld in der Kneipe ließ. Simarek konnte das sogar verstehen. Er nahm an, dass die Rente der Mühlbauers, so hießen der pensionierte Briefträger und seine Frau, kaum für große Sprünge reichte. Vermutlich wollte sie wenigstens hin und wieder einen Kurztripp auf die kanarischen Inseln als Perspektive haben, während Willi offenbar die Aussicht auf ein bisschen Sonne vor der *Gelben Kastanie* durchaus genügte. Simarek bestellte zwei Bier, eins für Willi und eins für sich, und beschloss, sich mal bezüglich seiner Alterssicherung beraten zu lassen, ein Entschluss, den er schon häufiger gefasst hatte und der auch diesmal unausgeführt bleiben würde. Er hatte keine Angst vor der Zukunft. Aber eine innere Stimme erinnerte ihn hin und wieder daran, dass die Zeit bekanntlich nicht stehen bleibt. Und auch wenn Minister sichere Renten und Pensionen versprachen, wusste er doch, dass ohne private Vorsorge im Alter keine großen Sprünge möglich sind. Doch sobald er dieses dachte, zog ihn jedes Mal ein magischer Gedanke zurück ins Hier und Jetzt, und Simarek verschob alle Planungen auf später. Ein bisschen Geld hatte er auf der hohen Kante, geerbt von seinen Eltern, die zudem für ihn ein Beispiel dafür waren, dass zu viel Vorsorge für die Rente durchaus eine Fehlinvestition sein konnte. Und wem sollte er schon etwas vererben? Für Kinder war es fast schon zu spät in seinem Leben. Mit einem traurigen Blick auf Ansgar zahlte der Kommissar, verließ die *Gelbe Kastanie* und machte sich zu Fuß auf zur Praxis am Beethovenplatz. Sein Auto wollte er später holen oder am nächsten Morgen, je nachdem, wie der Tag sich weiter so gestaltete.

•

„Sie sind aber pünktlich. Genau achtzehn Uhr, auf die Sekunde. Ist das eine besondere Tugend von Ihnen?"

Simone Richter war heute ganz in Beige gekleidet. Und da sie zudem blass im Gesicht war, hatte der

Kommissar das Gefühl, sie so wieder zu treffen, wie er sie vor zwei Tagen verlassen hatte. Sie sah müde aus, und der Farbton ihrer Kleidung unterstrich diesen Eindruck. Dennoch arbeitete ihr Verstand offenbar scharf, und sie beobachtete genau. Simarek hatte sich tatsächlich bemüht, exakt um achtzehn Uhr aufzutauchen, nicht früher, denn da vermutete er noch Klienten in der Praxis, aber auch nicht später, denn er wollte der Psychotherapeutin keinesfalls zumuten, auf ihn warten zu müssen.

„Sagen wir so", antwortete er ihr. „Ich wollte Sie auf keinen Fall verpassen. Aber Sie sehen müde aus."

„Bin ich auch. Supervision ist anstrengend. Für den Kopf und für den Bauch. Normalerweise versuche ich, mir den Tag nach der Supervision frei zu halten. Aber ich habe derzeit so viele Klienten, dass ich mit den Terminen nicht nachkomme. Und es ist merkwürdig: Seitdem Gesine tot ist, fühle ich mich ein bisschen verunsichert."

„Sie machen sich Vorwürfe?

„Ja und nein. Wissen Sie, Gesine ist meine erste Klientin, die den Freitod gewählt hat. Natürlich weiß ich vom Kopf her, dass solche Dinge vorkommen und nichts mit der Qualität meiner Arbeit zu tun haben. Man kann sogar statistisch voraussagen, mit welcher Wahrscheinlichkeit ein Therapeut vom Selbstmord eines Klienten betroffen sein wird. Ich kann den Fall analysieren, nach verpassten Chancen suchen oder nach methodischen Fehlern. Das habe ich alles gemacht und nichts gefunden. Aber der Bauch sagt halt auch ‚Unendlich schade' und ‚Warum warst du ihr nicht näher, warum hast du nichts gemerkt und unternommen?'. Sehen Sie, auch Psychotherapeuten fühlen, sie können das, was sie fühlen, vielleicht etwas besser erklären. Fühlen tun sie's trotzdem." Sie lächelte matt.

„Sie sagten beim letzten Mal noch, dass Ihr Vater im Sterben liegt. Das nimmt Sie wohl ziemlich mit?" Natürlich hatte das nichts mit dem Fall zu tun. Aber Simarek wollte Simone Richter zeigen, dass auch er Anteil nahm am Schicksal seiner Gesprächspartner.

„Ja, das bedrückt mich natürlich. Ich will auch nachher noch nach Bitche fahren."

„Bitche?"

„Mein Vater hat sich ein Hospiz in Bitche ausgesucht. Dort will er seine letzten Wochen oder Tage verbringen. Er hat beschlossen in Würde zu sterben. Und ich glaube, das gelingt ihm sogar, auch wenn es hart ist, wenn ein starker Mann so schnell alle seine Kräfte verliert. Aber ich fahre so oft wie möglich zu ihm. Außer mir und zwei alten Freunden besucht ihn niemand mehr. Wenn der Tod vor der Türe steht, bleibt so mancher gerne fern."

„Und Ihre Mutter?"

„Die ist leider schon seit fünf Jahren tot. Ein Verkehrsunfall. Das hat meinen Vater damals stark getroffen. Es ist schwer, wenn einer plötzlich alleine zurückbleibt und sich nicht hat vorbereiten können."

„Entschuldigung, wenn ich jetzt einen Vergleich ziehe. Aber das kommt mir spontan in den Kopf: Auch

Schmidtbauer hat seine Frau vor fünf Jahren verloren. Vielleicht hat dieser Verlust ihn ja auch stark getroffen und sein Verhalten danach bestimmt."

„Sie sind aber mittlerweile tief in Schmidtbauers Leben eingedrungen", bemerkte die Psychotherapeutin.

„Ja und nein", antwortete der Kommissar. „Dass wir das wissen, ist eher einer Verkettung glücklicher Zufälle zu verdanken." Und Simarek erzählte der Therapeutin, wie er über den Ehering und den darin eingravierten Namen „Lisette" durch Hassdenteufels Archiv die Identität Schmidtbauers hatte klären können. Dann entsann sich Simarek, dass er diesen Besuch ja aufgrund eines Vorschlags von Simone Richter machte.

„Sie sagten gestern, Sie hätten noch ein paar Informationen für mich."

„Ja. Ich glaube zwar nicht, dass die Sie zum Mörder führen..."

„...oder zur Mörderin."

„Oder zur Mörderin. Ja, Sie haben Recht. Seltsam, ich habe eigentlich die ganze Zeit einen männlichen Täter vor Augen."

„Warum?"

„Vielleicht, weil ich den Fall bisher nur aus Gesines Perspektive gesehen habe. Gesine konnte sich nicht dadurch helfen, dass sie ihre Gewalt gegen Schmidtbauer richtete. Sie hat sie deshalb gegen sich selbst gerichtet. Gewalt gegen andere dagegen ist eher typisch für Männer."

„Die Statistik gibt Ihnen Recht." Simarek lächelte. „Alle Kriminalstatistiken zeigen, dass Frauen eher Opfer von Verbrechen als Täterinnen sind. In Deutschland sind bei Morden fast fünfundachtzig Prozent der Täter männlich. Aber ich muss beide Möglichkeiten im Auge behalten, obwohl ich auch eher glaube, dass wir es mit einem Täter zu tun haben."

Dem Kommissar war klar, dass er schon lange eine Grenze überschritten hatte, indem er der Psychologin seine Gedanken zum Fall offenlegte. Aber er hatte das Gefühl, dass Simone Richter ein Recht darauf hatte, auch ihm in die Karten schauen zu dürfen. Er hatte sich schon bei seinem ersten Besuch auf dieses Geben und Nehmen eingelassen.

„Ich glaube nicht, dass ich Ihnen direkte Hinweise geben kann", nahm Simone Richter den Faden wieder auf. „Aber ich hatte den Eindruck, dass Sie Schmidtbauer besser kennenlernen wollen, um aus dem Verständnis seiner Person Schlüsse zu ziehen."

„Das ist richtig. Ich glaube, dass hier ein Motiv vorliegt, das mit der Persönlichkeit Schmidtbauers zu tun hat. Sie wissen, wie wir ihn gefunden haben?"

„Nackt."

„Ja, aber nicht nur das." Dem Kommissar wurde klar, dass er immer, wenn er an die nackte Leiche dachte, das gesamte Bild vom Tatort in seinem Kopf abrief. Simone Richter war aber nicht mit ihm am Tatort gewesen, sie hatte den nackten Schmidtbauer nicht gesehen. Also erzählte Simarek, was er vorgefunden hatte.

„Da hat jemand von Herzen gehasst", meinte Simone Richter. „Das ist offensichtlich. Und es erzählt viel über

Schmidtbauer. Er fand sich als Leiche in einer Situation wieder, in die er andere gerne gebracht hat. Und bei allem, was ich von Gesine Mollet gehört habe, ist das jetzt nicht nur bildlich gesprochen.“

„Sie haben was angedeutet beim letzten Mal. Da ging es um seine sexuellen Vorlieben“, hakte Simarek nach.

„Ja, wobei Sexualität sich ja bei uns Menschen nicht nur im Geschlechtsakt niederschlägt, sondern auch im alltäglichen Leben. Sexualität hat mit Macht zu tun, damit, zu zeigen, wer der Stärkere ist.“

„Sie meinen, der Rudelführer beisst die Konkurrenz aus dem Weg, in dem er den anderen Niederlagen zufügt.“

„Genau, Sex ist Macht, und Macht schlägt sich in Sex nieder. Und beim Menschen kommt noch ein entscheidender Faktor hinzu.“

Simarek blickte die Psychotherapeutin fragend an.

„Der Mensch weiß um die Macht der Gedanken und Bilder. Er weiß, dass er andere auch psychisch unterwerfen kann. Durch Demütigungen zum Beispiel.“

„Ich dachte, diese ganze BDSM-Nummer sei nur ein Spiel?“

„Ist sie auch zum großen Teil. Das Spiel mit Macht und Unterwerfung hat einen hohen sexuellen Reiz. In der richtigen Dosis gibt das vielen Menschen den Kick. Und bitte, wir leben im einundzwanzigsten Jahrhundert. Was in den Schlafzimmern passiert, ist eine Sache zwischen den Beteiligten. Erlaubt ist, was gefällt. Nur, wenn es nicht mehr gefällt, dann wird es problematisch. Alfons

Schmidtbauer lebte in einer kranken Gedankenwelt. Gesine leider auch, und deshalb war sie das perfekte Opfer. Aber sie war nicht das einzige."

„Woher wissen Sie das?"

„Deshalb habe ich Sie gestern angerufen. Gesine hat in einer unserer Sitzungen erzählt, dass Schmidtbauer vor ihr angegeben habe mit seinen, wie er es nannte, ‚historischen Erfolgen'. Er hat ihr erzählt, dass er auch schon andere unterworfen habe. Und dass er damit sogar damals seine Frau überzeugen konnte, sich für ihn zu entscheiden."

„Das ist ja krank. Wer lässt sich denn mit solch einem Typen auf eine Beziehung ein?"

„Menschen wie Gesine Mollet, zum Beispiel. Und vielleicht hat Schmidtbauer auch Seiten gehabt, die liebenswert waren. Sie dürfen nicht vergessen, dass ich ihn nur aus der Perspektive von Gesine kennengelernt habe. Und Sie sehen ihn auch nur in der Wahrnehmung anderer."

Simarek dachte einen Augenblick nach. Was brachte Menschen dazu, sich aufeinander einzulassen? Wer definierte, was noch tolerierbar war und was nicht mehr? Er war sich sicher, dass Simone Richter Kriterien hatte, anhand derer sie kranke Strukturen von legitimen Ausdrucksformen unterschiedlicher Persönlichkeiten unterscheiden konnte. Ihm fehlte dieses Fachwissen, und er fragte sich ernsthaft, ob der gesunde Menschenverstand, auf den er sich immer berief, wirklich noch ein geeignetes Maß war, um die unterschiedlichsten

Spielweisen und Spielwiesen menschlicher Existenzen zu beurteilen. Er zweifelte und fragte unvermittelt: „Sind Sie eigentlich verheiratet?“

„Wieso?“ Simone Richter war überrascht.

„Nur so. Ich meine, bei all dem, was Sie über Beziehungen wissen und was Menschen Menschen antun.“

„Nein, ich bin nicht verheiratet. Ich bin derzeit nicht einmal liiert. Aber ich bin im Grunde meines Herzens eine Optimistin und glaube, sein Leben mit jemanden zu teilen ist besser als allein zu sein.“

„Ich hätte das nicht so schön sagen können. Aber ich denke genauso.“

„Das habe ich mir schon gedacht“, sagte Simone Richter und verabschiedete den Kommissar freundlich. Als der die Türe hinter sich geschlossen hatte, dachte er: „Wieso fragst du sie, ob sie verheiratet ist? Was soll das?“ Er wollte sich künftig besser unter Kontrolle halten.

•

Nach Hause wollte er auch diesmal nicht, obwohl er müde war. Ein Gespräch mit Simone Richter war anstrengend und ging an die Substanz. Das hatte Simarek bereits nach dem ersten Besuch empfunden, als er in der *Gelben Kastanie* gestrandet war. Dort war er heute schon gewesen, also beschloss er, Gerd Hassdenteufel noch einen Besuch abzustatten. Da hatte er es hinterher nicht mehr so weit in sein Bett. Der Kommissar sah bereits am schmiedeeisernen Eingangstor, dass Licht in der Küche des Pastors brannte. Als er sich näherte, hörte er Stimmen in lebhaftem Dialog. Er wollte zunächst umkehren, um nicht zu stören, entschied sich dann aber doch, einen Versuch zu wagen. Er läutete an der Tür und hörte bald die Schritte des Pastors im Flur. Hassdenteufel öffnete und schien erfreut, als er Simarek sah. Offenbar störte der Kommissar nicht.

„Komm rein, ich hab schon Besuch. Aber wo's für zwei reicht, langt's auch für drei. Ich habe gerade einen neuen und preiswerten Roten aus dem Languedoc entdeckt. La Cuvée Mythique heißt der, eigentlich ein Landwein, man könnte sagen, ich habe eine Eule zu Besuch."

„Bitte?"

„Na, weil eine Eule auf dem Etikett ist."

„Du hast aber nicht nur 'ne Eule zu Besuch, oder?

„Äh…, nein, komm rein."

Der Kommissar traute seinen Augen kaum, als er die gemütliche Küche des Pastors betrat. Der Pastor blieb mit seinen Freunden oft in der in dunklem Holz gehaltenen Küche hängen. Nur offiziellen Besuch führte er zu seiner Polstersitzgruppe im Arbeitszimmer. Die Küche dagegen war sein Rückzugsraum, fast schon intim zu nennen, und hier saß, durchaus ihrer Profession entsprechend bekleidet, Anna.

„Ihr kennt euch ja schon", sagte der Pastor, und Simarek reichte Anna die Hand. „Ich habe deinen Ratschlag befolgt und Anna eingeladen. Und weißt du was, Anna versteht was von Rotwein."

„Aha", sagte der Kommissar.

„Ich hatte in Lettland einen Freund, der hat sein ganzes Geld in Wein investiert. Er träumte davon, ein nobles Restaurant in Riga aufzumachen. Er hat das leider nicht überlebt."

„Wie das?", fragte der Kommissar, doch er ahnte es schon.

„Wenn du einen Laden aufmachst in Riga, kommt automatisch die Mafia und verlangt Schutzgeld. Andris, mein Freund, war etwas naiv. Er hatte ja auch nichts außer ein paar Kisten hervorragenden Wein. Und als er nicht zahlte, haben sie ihn umgebracht. Als Warnung für die anderen. Auch das ist ein Grund, warum ich lieber in Saarbrücken bin als in Lettland."

„Und du gewährst Anna jetzt Kirchenasyl?" Der Kommissar blickte den Pastor fragend an. Der stellte Simarek ein Glas hin und füllte es mit tiefroter Flüssigkeit.

„Probier mal. Du schmeckst dunkle Kirschen und rote Beeren, vielleicht auch noch ein zartes Aroma von Leder. Eine Cuvée von fünf verschiedenen Rebsorten." Offenbar wollte Hassdenteufel nicht direkt auf die Frage des Kommissars antworten, sondern erst die passenden Worte finden.

„Sagen wir so: Wir öffnen die Türe allen, die mühselig und beladen sind. Anna war vorhin in der Abendmesse."

Der Kommissar blickte die Lettin erstaunt an, und der Pastor fuhr fort: „Anschließend habe ich sie gefragt, ob sie Lust auf ein Glas Wein hat."

„Und, hat jemand aus der Gemeinde gesehen, dass du Anna mit in deine Dienstwohnung genommen hast?“

„Na, das hoffe ich doch sehr. Dieses scheinheilige Volk.“ Der Pastor war schon wieder kurz davor, wütend zu werden, besann sich aber eines Besseren. Er erhob sein Glas und sagte: „Auf uns!“ Dann tranken alle und schwiegen eine Weile, so als würde jedes Wort die Heiligkeit des Augenblicks zerstören.

Dann sagte Hassdenteufel: „Anna und ich, wir haben einen Deal. Wir werden sehen, wie lange das gut geht. Jedenfalls wird sie im Umfeld von St. Johannes bleiben, und ich werde das dulden. Zumal sie gegenüber in der Pension Mirabelle gemeldet ist und ein Zimmer hat. Sie wohnt also hier an der Kirche.“

Hassdenteufel grinste und der Kommissar schloss sich an.

„Und moralische Bedenken hast du keine, alter Seelenfänger?“

„Wenige, und die wenigen unterdrücke ich zugunsten des gemeindepädagogischen Effekts. Anna weiß, dass ich ihre, äh…, Berufswahl nicht gutheiße. Aber wie sagt unser Herr so schön: ‚Wer unter euch ohne Sünde ist, der werfe den ersten Stein.‘ Als Polizist solltest aber gerade du wissen, dass Steinewerfer meistens noch mehr auf dem Kerbholz haben. Übrigens, über das Gleichnis von Jesus und der Ehebrecherin habe ich vorhin auch gepredigt. War ich gut, Anna?“ Hassdenteufel lehnte sich zurück, und allen war klar, dass er nicht wirklich ein Lob für seine Predigt einheimsen wollte.

Vielmehr hatte er ein Komplott geschmiedet und genoss es sichtlich, Teil einer Verschwörung gegen die Scheinheiligkeit aller Moralapostel dieser Welt zu sein. Mochte hinter seinem Rücken auch getuschelt werden, das konnte der Pastor aushalten. Er fühlte sich fast wie in seinen Studienjahren, ein bisschen revolutionär.

„Prost!", sagte Anna und trank einen großen Schluck Wein. Arbeiten gehen würde sie heute wohl nicht mehr.

Simarek hatte fast ein schlechtes Gewissen, als er gegen zweiundzwanzig Uhr aufbrach. Anna hatte beschlossen, noch zu bleiben. Aber wenn der Ruf des Pastors für diesen Abend ohnehin schon ruiniert war, dann konnte er die beiden auch getrost alleine lassen. Zwischen Anna Osolz – ihren Nachnamen hatte sie beim vierten Glas Rotwein preisgegeben – und Gerd Hassdenteufel würde sich nichts abspielen, was dessen guten Leumund ruinieren würde. Oder doch? Fast gönnte der Kommissar dem Freund ein kleines Abenteuer. Und was wusste er schon, was sich hinter verschlossenen Türen abspielte.

Gerade in Beziehungsfragen hatte Simarek in den vergangenen Tagen neue Erkenntnisse gewonnen, die sein bisheriges Koordinatensystem durcheinandergebracht hatten. Deshalb wollte er auch nach Hause, bevor er betrunken war. Denn er wollte Evi noch anrufen, auch wenn er weder wusste, ob sie daheim war, noch welche Schicht sie in dieser Woche hatte. Er wusste auch gar nicht, was er ihr sagen wollte. Er hatte nur so ein Gefühl, dass er es jetzt nicht schleifen lassen durfte.

Als er in seiner Wohnung angekommen war, lüftete er zunächst und trank einen halben Liter Wasser auf ex. Dann kreisten seine Gedanken zunächst um Anna Osolz und Gerd Hassdenteufel, eine Beziehung, die es nie geben würde – war er sich da wirklich sicher? –, dann um Bergmann und seine Frau. Die hatten sich doch eigentlich noch was zu sagen. Irgendwie hatten die den Eindruck eines glücklichen Paares gemacht, das einander versteht. Dann kam ihm Simone Richter in den Sinn. Wieso lebte die nicht in einer funktionierenden Beziehung, wo sie doch wusste, warum Beziehungen scheitern konnten? Wusste sie bei aller Erkenntnis womöglich nicht, was das Geheimnis war, eine Beziehung zum Funktionieren zu bringen? War sie letztendlich auch nur an der Illusion gescheitert, Liebe sei möglich? Die Fantasie drohte mit ihm durchzugehen. Von Simone Richter kam Simarek schnell auf Gesine Mollet und Alfons Schmidtbauer, eine total kaputte, eine kranke Beziehung, wie er fand. Und wo stand nun er mit Evi? Eher da, wo auch die Bergmanns standen? Hoffte er das nur, oder glaubte er das auch? Die Gedanken in seinem Kopf drehten sich immer schneller. Immer mehr Fragen ohne Antworten stürmten auf ihn ein. Er wollte das durchbrechen und griff zum Hörer.

„Evi Katschmarek ist nicht da. Schade eigentlich. Sprich aufs Band. Ich ruf zurü-hück." Wie oft hatte er diese Ansage schon gehört und sie gebeten dieses „Zurü-hück" zu ändern? Aber der rheinische Singsang war Evi nicht auszureden gewesen. Und so flötete sie jetzt bereits seit mehr als vier Jahren denselben Spruch von ihrem Anrufbeantworter.

„Evi, ich bin's. Das ist alles nicht so gut gelaufen die letzte Zeit." Simarek rang nach Worten. „Äh, aber das kriegen wir hin. Wir müssen uns nur bemühen." Er stockte. „Also, egal ob der Fall bis zum Wochenende gelöst ist oder nicht, am Samstag komme ich nach Köln. Versprochen. Und notfalls gehe ich sogar mit dir ins Stadion."

Das war das größte Opfer, das er bringen konnte, mit Evi zum Fußball zu gehen. Denn Simarek war Fußball als Sport und als Ausdruck von Lebensgefühl herzlich egal. Aber was jetzt zählte, war der gute Wille. Und zu diesem Zeitpunkt wusste der Kommissar noch nicht, dass dieses Opfer nicht nötig sein würde. Denn Evis 1. FC Köln spielte erst am Montag wieder. Glück gehabt, Simarek. Denn da würde er auf jeden Fall wieder in Saarbrücken sein.

Donnerstag, 17. Oktober 2002

•

Sie gingen Arm in Arm das Saarufer entlang, sie in einem weißen Seidenkleid, das ihre Schönheit verhüllend betonte, er in einem smarten schwarzen Anzug mit einer roten Aster im Knopfloch. Sie lächelte ihn an, und ihm war der Stolz darüber anzumerken, mit einer solch schönen Frau in der Öffentlichkeit gesehen zu werden. Dabei ließen sie sich von ihrer Umgebung nicht stören und gingen, in ihr Gespräch vertieft, langsamen Schrittes voran, ohne einen Anflug von Eile oder Ungeduld zu zeigen. Dann blieben sie plötzlich stehen und fielen sich in die Arme, wobei sie sich wild küssten und einander gar nicht mehr loslassen konnten. Eine Gruppe Grauhaariger, allesamt Männer, sie mochten Banker oder Versicherungsvertreter sein, näherten sich dem Paar und blickten argwöhnisch auf das Treiben der beiden. Doch die ließen sich nicht stören, bis…

…der Wecker klingelte. Simarek drückte sich das Kissen aufs Gesicht, denn in seiner Wohnung wurde es langsam hell. Noch fünf Minuten liegen bleiben und den Traum aus den Gedanken scheuchen. Was hatte er seinem Freund Gerd da gerade angedichtet, ein leidenschaftliches Verhältnis zu Anna? Gerd Hassdenteufel sozusagen als Lettin-Lover. Haha, welch geistreiches Wortspiel am Morgen. Simarek knurrte. Aber hatte er gestern Abend nicht den Eindruck gehabt, dass es knisterte zwischen dem Pastor und der hübschen jungen Frau aus der Nähe von Riga? Und klar, die grauen Herren waren nicht aus Michael Endes „Momo" entliehen, sondern aus der Realität. In ihnen bildeten sich die tugendhaften Sittenwächter von St. Johannes ab. Simarek brauchte noch eine Weile, bis ihm klar wurde, dass es ein Traum war und nicht die Wirklichkeit. Er hatte Anna und Gerd in seiner Fantasie zusammengebracht. Gleichwohl dachte er, er würde es dem Pastor gönnen. Doch dann verscheuchte er den Traum endgültig.

Er klaubte die auf dem Boden liegende Wäsche zusammen und warf sie in die Waschmaschine, zusammen mit dem Berg, der sich in seinem Badezimmer bereits auftürmte. Er wählte Buntwäsche und sechzig Grad, obwohl auch Koch- und Feinwäsche darunter war. Doch für solche Unterscheidungen fehlte ihm der Sinn. Ein paar seiner T-Shirts sahen genau danach aus. Dann startete er die Waschmaschine. Alles Weitere würde diese selbständig erledigen, abgesehen vom Aufhängen der Wäsche zum Trocknen. Das nahm er sich für den Abend vor, zog seine alte Cargohose an, die er sonst nur für Putz- und Aufräumaktionen trug, und verließ pünktlich um acht seine Wohnung, um noch sein Auto zu holen und einen schnellen Kaffee an der Wilhelm-Heinrich-Brücke zu trinken. Außerdem hatte er Lust auf ein paar Croissants. Die waren bei Pit wirklich gut.

„Moin“, grüßte der Wirt, der gerade Krümel von einem Stehtisch wedelte, als der Kommissar das kleine Bistro betrat.

„Wie immer“, sagte der Kommissar und bekam einen großen schwarzen Kaffee.

„Kann ich Milch haben?“

„Bist du krank?“, fragte der Wirt.

„War ein Scherz“, antwortete Simarek und beide lachten.

„Und, hast du deinen Mörder schon gefangen?“ Bis auf den Wirt und den Kommissar war das Bistro leer, sonst hätte Pit de Claire seine Neugier vermutlich gezügelt. Der Kommissar beschloss trotzdem, die Frage nicht zu beantworten.

„Laufende Ermittlungen, Pit, laufende Ermittlungen“, sagte er, warf drei Euro auf den Stehtisch, kippte den letzten Schluck Kaffee hinunter und verließ das Bistro. Er merkte, wie seine Anspannung stieg, er kam der Lösung des Rätsels näher, dabei war er selbst gespannt, wie sich die einzelnen Puzzleteile wohl am Ende zusammenfügten. Dass am Ende ein komplettes Bild entstehen würde, wusste er genau.

Im Kommissariat begrüßte ihn eine gutgelaunte Irene Schneider. Die Sekretärin war von ihrer Fortbildung zurück, wollte aber nur ihren Schreibtisch kurz aufräumen und dann in ein langes Wochenende verschwinden.

„Und, Robert, kommt ihr klar ohne mich?“, fragte sie und erwartete ein klares Nein als Antwort.

„Müssen wir ja“, variierte der Kommissar und bedauerte, dass Irene Schneider in dieser Woche nicht zur Verfügung stand. Denn ihr Freund war Sprecher im Innenministerium, und sie erfuhr deshalb so manches, was der Kommissar sonst nicht oder wenigstens nicht so schnell in Erfahrung bringen konnte.

„Wenn du die Woche da gewesen wärst, hätte ich dich wegen Schmidtbauer mal im Innenministerium nachfragen lassen. Vielleicht haben die ja noch Informationen, die uns fehlen.“

„Ich habe mit Peter schon drüber gesprochen. Bei dem Namen hat es sofort bei ihm geklingelt. Er sagt, das sei zwar vor seiner Zeit gewesen, aber im Ministerium würde heute noch über Schmidtbauer gesprochen. Irgendwas mit Kampfhunden war da.“

„Irene, ich weiß, du hast Urlaub. Aber kannst du heute Morgen für mich noch rauskriegen, was da genau war? Ist nur so eine Ahnung. Aber vielleicht hilft das.“

„Für dich tu ich fast alles“, hauchte Irene Simarek zu und blickte ihn über den Rand ihrer roten Designerbrille schelmisch an. Simarek versuchte ein unverbindliches Lächeln und verschwand in seinem Büro, nicht ohne zuvor Fabio freundlich zugewinkt zu haben.

In seinem Büro lagen drei Zettel. Auf einem teilte Fabio ihm mit, dass Michelle Huppert ihn gegen elf Uhr erwartete, um *ASP* in Forbach einen weiteren gemeinsamen Besuch abzustatten. Der zweite Zettel enthielt den Hinweis, dass der Polizeichef auf einen Rückruf wartete. Und auf dem dritten Zettel hatte Fabio vermerkt, dass er am Nachmittag einen Besuch im Pflegeheim bei Marius' Mutter machen wollte. Simarek stand auf und ging in Fabios Büro.

„Warum jetzt doch Marius' Mutter?", fragte der Kommissar.

„Weil ich noch mal mit dem Heim telefoniert habe. Und heute ist Donnerstag. Und da kommt immer eine alte Freundin von der Mutter. Das hat mir Schwester Sybille erzählt."

„Schwester Sybille?"

Fabio errötete leicht. „Na ja, ich fand, die klang am Telefon ganz schnuckelig. Und da sind wir ein bisschen ins Gespräch gekommen. Du weißt genau, ich such 'ne Frau."

„Die suchst du besser außerhalb der Dienstzeit."

„Na prima, wann wäre das denn? Aber egal, Schwester Sybille hat mir erzählt, dass donnerstags gegen zwei immer eine alte Freundin die Mutter von Marius besucht. Und die scheint eine ganze Menge über die Vergangenheit zu wissen. Den Versuch scheint's wert."

„Okay, sobald ich aus Forbach zurück bin, fahren wir noch einmal in den Bliesgau."

Simarek bat Fabio noch, den Polizeichef anzurufen und nachzufragen, ob die geplante Pressekonferenz am nächsten Tag auch ohne den Kommissar stattfinden könnte. Er wusste, dass das aussichtslos war. Aber wie hatte Fabio so schön gesagt, den Versuch schien es wert.

Als Simarek in seinem Peugeot saß und zum zweiten Mal in dieser Woche die Strecke zu Michelle Huppert zurücklegte, fühlte er noch deutlicher als am Morgen, dass er der Lösung immer näher kam, sie aber noch nicht greifen konnte. Irene Schneider hatte mittlerweile erfolgreich telefoniert und ihm zwischen Tür und Angel noch erzählt, dass Schmidtbauer vor vielen Jahren Ärger wegen seiner angeblich scharf gemachten Dobermänner gehabt hatte. Der Vorwurf lautete, dass er sie als Waffe zur Bedrohung von Mitbürgern eingesetzt habe. Das sei allerdings schon Ende der 1980er Jahre gewesen. Die Sache sei nur deshalb nicht aktenkundig geworden, weil der damalige Minister sich selbst für eine Einstellung des Verfahrens starkgemacht hatte. Schmidtbauer hatte im Gegenzug gegenüber dem Minister eine Erklärung unterzeichnet, dass er in Deutschland künftig Dobermänner und Schäferhunde weder halten noch züchten werde. Das könnte erklären, warum er auf Berner Sennenhunde umgesattelt hatte. Hunde spielten in Schmidtbauers Leben eine große Rolle. Und eine Episode daraus, vielleicht sogar eine entscheidende, kannte Pierre

Duvall. Simarek war gespannt, was der Bilanzbuchhalter von *ASP* noch zu erzählen hatte.

•

Das Büro, in das Michelle Huppert und Robert Simarek geführt wurden, war dem Stil einer alten Anwaltskanzlei nachempfunden. Der Kommissar fühlte sich an Fernsehserien der 1980er Jahre erinnert. Ein schwerer Eichenschreibtisch stand auf teppichbedeckten Holzdielen, die knarzten, und als Pierre Duvall den Raum betrat, fühlte sich Simarek in seinem Eindruck bestätigt, er sitze tatsächlich im falschen Film. Duvall trug einen weißen Anzug mit rotem Seidentuch in der Brusttasche. Seit dem letzten Besuch des Kommissars bei *ASP* hatte Duvall einen Wandel vollzogen, den sich Simarek nur so erklären konnte, dass der Prokurist davon ausging, die Firma wenigstens für eine Übergangszeit, wenn nicht sogar in Zukunft dauerhaft leiten zu können. Woher er diese Idee nahm, war dem Kommissar allerdings völlig schleierhaft. Duvall wirkte auf ihn so deplatziert wie Tennissocken in Sandalen. Doch Duvall schien sich daran nicht zu stören und ging völlig auf in seiner neuen Rolle.

„Tee, Kaffee oder einen Sherry? Ach nein, Sie sind ja im Dienst, nehme ich an.“ Er nestelte nervös an seinem Seidentuch; so ganz wollte ihm der Auftritt nicht gelingen. Michelle Huppert und Simarek einigten sich schnell auf Kaffee und Duvall drückte den Knopf der Gegensprechanlage: „Emilie, seien Sie doch bitte so lieb und bringen uns Kaffee.“

Die Chefsekretärin hatte Duvall also auch schon geerbt. Ob es noch mehr für ihn zu erben gab, musste sich erst noch zeigen.

„Sie haben also die Nachfolge von Schmidtbauer angetreten?“, fragte die französische Kommissarin, sprach aber wie gewöhnlich deutsch, um Simarek nicht in Verlegenheit zu bringen.

„Naturellement“, antwortete Duvall. „Es ist ganz klar geregelt, dass beim Ausfall des Geschäftsführers der Prokurist nachrückt und die Geschäfte leitet. Und solange nicht klar ist, wie es weitergeht, bin ich das. Und danach vermutlich auch.“

„Und was wird aus dem Laden? Ich meine, wer erbt?“

„Keine Ahnung, soweit ich weiß, gibt es keine direkten Erben. Schmidtbauer war kinderlos. Weder er noch seine Frau hatten Geschwister. Aber das wird sich finden. Schmidtbauer hat ein Testament gemacht. Ich bin zur Testamentseröffnung zum Notar geladen. Morgen Nachmittag wissen wir mehr. Ich halte es aber für sehr wahrscheinlich, dass ich *ASP* im Sinne des Verstorbenen weiterführen soll.“

„Sie hatten ein gewisses Vertrauensverhältnis zu Schmidtbauer?“ Die Frage von Simarek war eher eine Feststellung.

„Ja, ich kannte ihn jetzt seit gut vierzig Jahren. Wir waren mal befreundet. Das hat sich im Laufe der Jahre aber naturgemäß relativiert. Da ich unter Schmidtbauer Karriere gemacht habe, war ich auch unserer Firmendisziplin unterworfen. Sie werden gemerkt haben, dass da nicht viel Raum für Persönliches ist, ein Umstand, den ich vielleicht ändern möchte."

In diesem Moment betrat Emilie Schrader mit Kaffee und Gebäck den Raum, und Duvall schenkte ihr ein Lächeln, das so klebrig wirkte wie der Schokoladenüberzug auf den Eclairs. Die Chefsekretärin stellte Tablett und Tassen zügig ab und verließ fast schon eilig das Büro von Duvall.

„Einige werden sich noch etwas daran gewöhnen müssen, dass hier künftig ein anderes Klima herrschen soll", bemerkte Duvall und blies auf seine manikürten Fingernägel.

„Also, mein lieber Kommissar, was wollen Sie noch wissen?" Damit war das Vorgeplänkel beendet und die Runde beim Thema angekommen. Simarek ließ Michelle Huppert den Vorrang, so hatten sie es auf der Fahrt zu *ASP* abgesprochen.

„Monsieur Duvall, ich war vorgestern bei einem Hundeverein hier in Forbach. Da war Alfons Schmidtbauer in den sechziger Jahren mal Mitglied. Was können Sie uns über diese Zeit erzählen?"

„Da habe ich ihn kennengelernt. Wir teilten die gleichen Leidenschaften. Schöne Frauen, schnelle Autos und rassige Hunde. Die schnellen Autos konnten wir uns damals nicht leisten, die Hunde schon. Und die Frauen haben selbst entschieden, wenn Sie wissen, was ich meine." Duvall hatte wieder sein Lächeln aufgesetzt, das er selbst wohl für charmant hielt.

„Weiß ich nicht so genau", antwortete die französische Kommissarin unbeirrt. „Aber bleiben wir mal bei dem Hundeverein. Die haben Schäferhunde und Dobermänner?"

„Ja, das hat sich damals so ergeben. Einige von uns hielten Schäferhunde, andere einen Dobermann. Schmidtbauer und ich hatten Dobermänner. Wir hatten gemeinsam mit Gleichgesinnten einen Verein gegründet, damit wir einen Platz mieten konnten, um unsere Hunde zu trainieren. Denn wir hatten so genannte Gebrauchshunde, die wir in der Regel zu Wach- und Schutzhunden ausbildeten."

„Alfons Schmidtbauer hat in Deutschland später nicht ganz freiwillig auf den Besitz von gewissen Hunderassen verzichtet", warf Simarek ein. „Können Sie sich das erklären?"

Duvall rutschte nervös auf seinem Sessel nach vorne, dann hatte er sich wieder unter Kontrolle. „Sagen wir so, Schmidtbauer drillte seine Tiere und er war auch bereit sie einzusetzen, vielleicht auch in Situationen, die nicht unbedingt als Notwehr gelten konnten."

„Sie meinen, er hat die Hunde als Waffe eingesetzt?", fragte Michelle Huppert nach.

„Ja, das kann man so sagen. Und wenn Sie ohnehin schon in Forbach waren, dann haben Sie auch bestimmt bereits herausgefunden, dass die Mitgliedschaft von Schmidtbauer im Verein nur von kurzer Dauer war."

„Und Sie können uns sicher sagen, warum er ging", griff Simarek jetzt ein und holte das Foto aus seiner Tasche, das Michelle Huppert beim Hundeverein ausgeliehen hatte. „Sie kennen dieses Foto?"

„Ja, das kenne ich. Oh mein Gott, ist das lange her." Duvall runzelte die Stirn. „Das sind außer mir noch Schmidtbauer, Peter Conrad und Jacques Desgranges. Die Aufnahme ist entstanden, bevor es zu dem – nennen wir es – Eklat kam, nach dem Schmidtbauer dann aus dem Verein ausgetreten ist."

„Eklat?" Der Kommissar und die Kommissarin fragten gleichzeitig und waren dabei lippensynchron. Duvall war die Geschichte offensichtlich peinlich.

„Schmidtbauer hat Desgranges damals die Freundin ausgespannt. Sie hieß Lisette und wurde kurze Zeit später Schmidtbauers Frau."

„Na, so was kommt vor", befand Simarek lakonisch.

„Ja, aber es gab böse Gerüchte. Schmidtbauer habe seine beiden Hunde auf Desgranges gehetzt, hieß es. Genaueres hat eigentlich niemand gewusst. Und Jacques Desgranges hat auch nie darüber gesprochen. Aber da der Vater von Desgranges unseren Verein maßgeblich finanzierte, sah Schmidtbauer wohl nur die Möglichkeit auszutreten und Lisette mitzunehmen. Es ist dann nie mehr wieder über diese Vorfälle geredet worden. Ich selbst war danach noch zehn Jahre Mitglied im Verein. Dann ist Jackie, meine Hündin, gestorben. Und dann kam die Karriere, ich wollte keinen neuen Hund, und dann bin ich auch raus aus dem Verein."

„Haben Sie noch Kontakt zu Desgranges und, wie hieß der andere,… Conrad?“

„Nein, keinen mehr. Ich hab mich zwar damals aus dem Konflikt rausgehalten und Desgranges hat wohl auch nicht mitbekommen, dass ich Trauzeuge bei der Hochzeit von Alfons und Lisette Schmidtbauer war. Aber spätestens, als ich in Schmidtbauers Betrieb einstieg, war klar, dass Desgranges mich für einen Verräter hielt. Ich weiß aber auch nicht, was aus ihm geworden ist. Wir haben dann ziemlich schnell jeglichen Kontakt verloren.“

„Im Hundeverein wusste man das auch nicht“, sagte Michelle Huppert mehr zu Simarek als zu Duvall. „Wir haben das natürlich routinemäßig checken lassen. Auch die Familie Desgranges hat ihr Engagement im Hundeverein Ende der 1960er Jahre beendet. Und wie gesagt, ein großer Teil der Unterlagen fehlt.“

„Wenn ich das richtig weiß“, hakte Duvall ein, „dann kam die Familie ursprünglich aus einem kleinen lothringischen Dorf nahe der Pfälzer Grenze. Aber sicher bin ich mir da nicht mehr.“

„Na ja, vielleicht ist das auch nur ein totes Gleis und führt nirgendwohin“, meinte Simarek und räkelte sich. Er und Michelle Huppert saßen wieder im alten Peugeot des Kommissars und ließen das Gespräch mit Duvall noch einmal Revue passieren. Simarek hatte seine französische Kollegin bereits auf der Hinfahrt über seine wesentlichen Erkenntnisse der letzten Tage informiert.

„Es schadet ja nichts, auch einem vermeintlich toten Gleis mal zu folgen. Es ist klar, dass du dich auf die Bergmann-Brüder konzentrierst. Aber ich kann ja trotzdem mal versuchen herauszufinden, wohin Desgranges und Conrad verschwunden sind."

„Die deutsche Polizei wird dir auf ewig dankbar sein", grinste Simarek und lud seine Kollegin noch schnell auf einen kleinen Kaffee am Straßenrand ein. Wer weiß, vielleicht passten am Ende ja sogar mehrere lose Enden zueinander.

•

Als Simarek wieder deutsche Straße unter den Rädern hatte, verspürte er Hunger. Ernas Imbiss lag genau an der Metzer Straße und war immer einen Besuch wert, vor allem wegen des Tagesangebotes. „Bibbelsches-Bohne-Supp mit Quetschekuche" verhieß das handgeschriebene Schild, was der Kommissar sofort zum Anlass nahm, rechts ranzufahren und eine Portion zu bestellen. Die Zeiten waren lange her, da er als Neuling im Saarland darüber gelästert hatte, dass hier ein Pflaumenkuchen zu einer Suppe aus klein geschnittenen frischen grünen Bohnen kredenzt wurde. Zusammen schmeckte das einfach herrlich, wenn es auch gewisse Auswirkungen auf die Verdauung hatte. Simareks Magen-Darm-Trakt hatte sich nach dem letzten Wochenende gerade erst wieder beruhigt.

Aber Bibbelsches-Bohne-Supp konnte er einfach nicht widerstehen. Und ein kleines Bier zischte er auch dazu. „Leben wie Gott im Saarland“, sagte er sich und prostete Erna freundlich zu. „Schmeggt wuper!“, kam es zwischen kauenden Backen hervor. Was später zwischen anderen Backen hervorkam, sollte Fabio am frühen Nachmittag auf der Fahrt in den Bliesgau erleiden.

„Riech ich dein Aroma, liege ich gleich im Koma“, maulte er den Kommissar an.

„'tschuldigung“, sagte der kleinlaut. „Aber Ernas Bohnensuppe konnte ich einfach nicht widerstehen.“ Er beschloss, sich für den Rest der Fahrt zu beherrschen, und Fabio brachte ihn auf den Stand der Dinge, der da hieß: „Nichts Neues.“ Weder war Ralf Bergmann bislang aufgetaucht, noch gab es neue Erkenntnisse über den Verbleib von Jacques Desgranges. Michelle Huppert hatte schnell herausgefunden, dass dieser wieder in Hanviller, einem kleinen Dorf nahe der Grenze zur Pfalz, lebte. Doch die Besatzung des Einsatzwagens, der gegen Mittag vor dem alten renovierten Bauernhaus vorgefahren war, stand vor verschlossenen Türen, die Fensterläden waren geschlossen und aus der Nachbarschaft wusste auch niemand etwas.

„Das ist nicht sehr viel“, bemerkte der Kommissar.

„Das ist sozusagen nichts“, antwortete Fabio und beide schwiegen den Rest der Fahrt zum Pflegeheim, das sich selbst als Seniorenresidenz bezeichnete, wobei Simarek sich ein ums andere Mal einen Furz verkniff.

Erst als er ausgestiegen war, machte er sich ein bisschen Luft, indem er die um sich herum verpestete.

„Was denn? Freiluft, da ist das erlaubt“, sagte er auf Fabios vorwurfsvollen Blick.

Sybille Jacob hatte schon am Eingang auf die Polizisten aus Saarbrücken gewartet und begrüßte besonders Fabio Trulli mit einem strahlenden Augenaufschlag.

„Wenn du genug geflirtet hast“, raunte Simarek Trulli zu, „dann bitte sie, uns zu Marius Wagners Mutter zu bringen.“

Aber das hatte Schwester Sybille ohnehin vor, und so geschah dies auch ohne Aufforderung. Auch der besagte Besuch warte schon im Zimmer, erklärte die Schwester.

„Lass mich das mal alleine machen“, sagte der Kommissar vor der Türe und verschaffte Fabio so ein bisschen Freizeit. Simarek sah seinem Kollegen an, wie er diese verbringen wollte.

Dann betrat Simarek allein das kleine Pflegeappartement.

Simarek war angenehm überrascht. Das Zimmer, das er betrat, sah weder nach Krankenhaus aus, noch roch es so. Es war ein kleiner Raum mit Couch und zwei bequemen Sesseln. Ein modernes Krankenbett stand an der Wand mit Blick auf einen Fernseher, der jedoch ausgeschaltet war. An den Raum angeschlossen war wohl ein eigenes Badezimmer, das konnte Simarek wegen der geschlossenen Tür nicht sehen, und es gab eine kleine Küchennische. Die beiden älteren Frauen, die in den großen Sesseln mehr hingen als saßen, waren nicht aufgestanden, als Simarek hereingekommen war. Jedoch schauten beide zu ihm, die eine mit klarem, die andere mit etwas abwesendem Blick.

„Guten Tag", sagte nun die, die offenbar keine Patientin war. „Ein neuer Arzt sind Sie aber nicht." Der Unterton war deutlich spöttisch.

„Nein, eher ein alter Kommissar. Ich komme wegen Alfons Schmidtbauer. Kennen Sie ihn?"

„Klar kenne ich Alfons. Aber Gerda kennt ihn natürlich viel besser." Sie blickte auf die andere Frau, die aus ihrem Sessel dem Treiben zwar zusah, aber keine Anteilnahme zeigte.

„Ja, aber sie erinnert sich nicht mehr", sagte der Kommissar.

„Das würde ich so nicht sagen", antwortete die Frau. „Gerda erinnert sich nur anders. Ansonsten haben Sie aber Recht. Gerda leidet an einer sehr schnell fortschreitenden Demenz. Das ist umso trauriger, weil sie mit sechzig noch nicht wirklich alt ist." Sie seufzte. „Ich bin übrigens Hannelore Siewert. Ich kenne Gerda schon seit der Schulzeit. Ich scheine neben Marius die Einzige zu sein, die Gerda regelmäßig besucht. Meist sitzen wir hier und schweigen uns an. Am Anfang erzähle ich immer den neusten Tratsch aus dem Dorf. Ich weiß nicht, was davon ankommt. Aber die Ärzte und Schwestern meinen, schaden könnt's nichts."

„Marius kommt also auch regelmäßig?"

„Natürlich, er hängt sehr an seiner Mama. Wenn er auch nicht wirklich begreift, was mit ihr los ist." Die Frau lächelte.

„Kann er dieses Pflegeheim denn überhaupt bezahlen?", fragte der Kommissar und ahnte die Antwort bereits.

„Natürlich nicht. Alfons hat das bezahlt. Wie auch die Berner-Sennenhunde-Zucht für Marius. Und er hat auch in seinem Testament dafür gesorgt, dass Gerda hier bleiben kann."

„Hat er Ihnen das erzählt?"

„Hat er. Wir standen in gutem Kontakt. Ich hatte Vollmacht von ihm, hier die wesentlichen Dinge für Gerda zu regeln."

„Mochten Sie ihn?" Simarek konnte nicht anders, auch wenn die Frage alles andere als sachlich geboten war.

„Ich weiß, viele Freunde hatte Alfons nicht. Aber ich mochte ihn. Wie er für Gerda gesorgt hat und dass ihm seine Zeit nicht zu schade war, sie freitags teilweise hier zu verbringen, obwohl Gerda keine unterhaltsame Gesprächspartnerin mehr ist, das hat mir schon gefallen."

„Frau Siewert, was für ein Verhältnis hatte Alfons Schmidtbauer zu Gerda?"

„Jetzt würde ich sagen, ein freundliches. Vor gut dreißig Jahren war da mal mehr." Hannelore Siewert lächelte mild.

„Wie viel mehr?"

„Sagen Sie bloß, das haben Sie nicht gesehen? Na ja, man muss schon sehr genau hinschauen. Aber ist Ihnen nicht aufgefallen, dass Marius Wagner dem Alfons Schmidtbauer doch etwas ähnlich sieht?"

Dem Kommissar verschlug es die Sprache. Nein, es war ihm nicht aufgefallen und Fabio offenbar auch nicht. Aber jetzt, wo Hannelore Siewert ihn darauf brachte, fiel es ihm wie Schuppen von den Augen. Natürlich, Schmidtbauer war korpulent gewesen und Marius war schlank. Aber die Nase und der Mund, da waren eindeutig Ähnlichkeiten. Wie konnte er so blind gewesen sein?

„Sie wollen mir sagen, Alfons Schmidtbauer ist der Vater von Marius Wagner", stellte Simarek fest. „Und weiß Marius das auch?" Bei der Frage zog er eine Augenbraue leicht hoch.

„Gerda hat es ihm nie gesagt, aber Alfons hat für ihn gesorgt. Und wenn morgen das Testament eröffnet wird, dann werden sich einige wohl sehr wundern. Denn soweit ich weiß, erbt Marius fast alles. Schmidtbauer hat die Vaterschaft damals offiziell anerkannt. Er wollte ein Kind. Und als das mit seiner Frau nicht klappte, hat er eins mit Gerda gezeugt. Nur dass Marius vermutlich nicht ganz so helle war, wie sein Vater sich das gewünscht hätte." Wieder dieses milde Lächeln, das Hannelore Siewert zeigte, so als ob sich darin ihre Sichtweise der Welt ausdrückte.

Simarek schwieg und blickte auf Gerda Wagner, deren Sohn Marius offenbar am nächsten Tag ein Vermögen erben sollte. Für sie würde sich dadurch wohl nichts ändern. Die Tage würden bleiben, wie sie waren. Nur Alfons Schmidtbauer würde sie nicht mehr besuchen kommen. Morgen war Freitag. Ob sie bemerken würde, dass sein Besuch ausblieb? Schwer zu sagen. „Sie erinnert sich nur anders", hatte Hannelore Siewert gesagt. Und hier hatte er endlich jemanden gefunden, der freundlich über Schmidtbauer gesprochen hatte. Vielleicht war die Welt doch nicht so trostlos, dachte der Kommissar, als er sich von Hannelore Siewert verabschiedete. Sie würde Gerda Wagner weiterhin donnerstags besuchen.

Simarek hatte darauf verzichtet, Hannelore Siewert zu fragen, wer Schmidtbauer ermordet haben könnte. Insofern war der Besuch im Pflegeheim ein totes Gleis. Weder Mörder noch Motiv waren hier zu finden, aber immerhin jemand, der Schmidtbauer ein bisschen Sympathie entgegengebracht hatte. Und auch für Fabio hatte sich der Termin gelohnt. Er war gerade dabei, Simarek zu erzählen, dass er für Freitagabend eine Verabredung mit Schwester Sybille hatte, als das Handy des Kommissars klingelte. Der Anruf war nur von kurzer Dauer, dann sagte der Kommissar zu Fabio, der am Steuer saß: „Gib Gas, Ralf Bergmann wartet im Kommissariat auf uns."

•

Eine knappe halbe Stunde später fuhr Fabio den alten Peugeot vor das Kommissariat. Simarek und Trulli sprangen aus dem Wagen, beide neugierig, was Ralf Bergmann zu erzählen hatte. So wie Simarek den diensthabenden Kollegen am Telefon verstanden hatte, war Ralf Bergmann freiwillig aufgetaucht und hatte direkt nach Kommissar Robert Simarek gefragt. Offenbar hatte Ralf Bergmann also nicht vor, abzutauchen, jedenfalls nicht mehr. Simarek und Trulli nahmen die Treppe zum ersten Stock mit simultanen Schritten, wobei der Kommissar etwas aus der Puste geriet, weshalb er kurz vor dem Eingang zu den Büros seiner Abteilung stehen blieb und die Hand hob. „Phhh... eine Sekunde", keuchte er.

„Kannst gerne mal mit mir zum Laufen gehen", sagte Fabio und grinste. „Nimmste auch ab von."

„Sport ist Mord", kalauerte Simarek und merkte zu spät, dass sich das reimte.

„Und Turnen füllt Urnen", antwortete Fabio.

Nur gut, dass drinnen Ralf Bergmann wartete, dachte der Kommissar und öffnete die Tür.

Ralf Bergmann sah mit seinen blonden Haaren und einer vom Profil her fast griechischen Nase aus wie die jüngere Ausgabe seines Bruders. Er hatte allerdings deutlich mehr Farbe im Gesicht und an den Armen, auch wenn er im Moment etwas bleich wirkte. Der Kommissar deutete das als Reaktion auf die Situation, in der sich Ralf Bergmann nun befand. Er wirkte nervös und tippelte mit den Fingern auf dem Tisch, auf dem schon das Aufnahmegerät für das Verhör bereitstand. Simarek ging auf Ralf Bergmann zu, schüttelte ihm die Hand und setzte sich auf den freien Stuhl gegenüber. Fabio Trulli blieb an die Wand gelehnt stehen. Dann nahm Simarek ein Formular, das auf dem Tisch lag, drückte den Aufnahmeknopf und sagte:

„Donnerstag, 17. Oktober 2002, sechzehn Uhr dreißig. Nach erkennungsdienstlicher Behandlung Verhör mit Ralf Bergmann, geboren am 12. Juni 1964 in Ensheim, wohnhaft in Forbach, Rue de la Republique 132."

Ralf Bergmann nickte nur, und für einen Moment herrschte absolute Stille im Raum.

Dann sagte Simarek: „Am besten, Sie erzählen einfach."

„Sie werden mir das kaum glauben, aber ich habe mit dem Tod von Alfons Schmidtbauer nichts zu tun. Ich versuch alles zu erklären, aber es ist scheißkompliziert." Ralf Bergmann fuhr sich durch die Haare. Er überlegte augenscheinlich, wo er anfangen sollte.

Simarek lehnte sich zurück und meinte lakonisch: „Wir haben Zeit."

Ralf Bergmann schluckte und wagte dann einen neuen Versuch. „Ich habe vorhin mit Wolfgangs Frau telefoniert. Die war völlig aufgelöst. Und Sie müssen mir glauben, Wolfgang hat nichts mit der Sache zu tun. Er weiß davon gar nichts."

„Wovon?" Simarek spielte den Naiven, ein Versuch, der misslang, weil Ralf Bergmann gar nicht versuchte, zu pokern.

„Na davon, dass ich seinen Wagen geliehen habe, in der Nacht von Freitag auf Samstag."

„Aha, kleine Spritztour gemacht oder was?"

„Nein, 'ne Leiche entsorgt. Oh Gott, so was gibt's sonst nur in schlechten Filmen. Aber ich habe keine andere Möglichkeit gesehen."

„Moment! Sie geben also zu, Alfons Schmidtbauer zuerst getötet und dann an die Saar gefahren zu haben?" Fabio Trulli zog seine Schlüsse manchmal zu voreilig. Simarek sah gespannt zu Ralf Bergmann.

„Quatsch, quatsch, quatsch, quatsch! Ich hab den doch nicht umgebracht. Der war tot. Und ich hab Panik gekriegt. Was weiß ich. Und als ich dann am Montag in den Nachrichten gehört habe, dass man Schmidtbauer an der Saar gefunden hat, da bin ich erst recht durchgedreht und habe erstmal Urlaub genommen. Und als ich heute wiederkomme, wird plötzlich von Mord gesprochen. Ich bin total verwirrt. Deshalb bin ich ja auch hier. Das war doch kein Mord, der war einfach tot in der Sauna." Ralf Bergmann wirkte verzweifelt.

„Mal langsam", beschwichtigte Simarek. „Ich fasse mal zusammen: Sie haben das Auto von Ihrem Bruder geliehen, als der betrunken in seinem Haus auf dem Teppich lag. Dann haben Sie die Leiche von Schmidtbauer an die Saar gefahren. Aber warum um alles in der Welt haben Sie sie da so drapiert?"

„Hä? Ich habe die Leiche da gar nicht... wie sagten Sie... drapiert. Ich weiß gar nicht, wovon Sie reden. Ich habe die Leiche zu einem Parkplatz gefahren, und dann hat sich der Rentner mit seinen Freunden darum gekümmert. So wie er es gesagt hat. Ich habe nur die Leiche aus der Sauna raus haben wollen. Ich habe gedacht, das gibt Ärger, weil ich mit Schmidtbauer an meinem Chef vorbei einen Extradeal hatte, und…"

„Noch mal langsam. Welcher Rentner?" Simarek hatte beschlossen, den Redefluss des Saunameisters zu bremsen. Der Deal und seine Folgen waren jetzt egal. Simarek ahnte schon, wie der Rentner hieß.

„Na der Rentner von der Putzagentur, die für uns arbeitet. Jacques aus Frankreich. Ein netter Kerl, hielt sich immer im Hintergrund, wenn Schmidtbauer da war. So konnte ich meinen Extrakunden noch zufriedenstellen und die Bude war trotzdem am nächsten Tag picobello sauber."

„Herr Bergmann, zu den Fakten. Wie hieß der Rentner mit Nachnamen, und was hat er mit der Sache zu tun?"

„Ich weiß nicht, wie er mit Nachnamen hieß. Er sagte, er sei aus Frankreich und heiße Jacques. Er war schon ein bisschen klapprig, aber er machte seinen Job ausgezeichnet. Und er hatte die Idee."

„Die Idee, welche Idee? Schmidtbauer umzubringen?" Fabio wollte auch noch mal in das Gespräch eingreifen.

Ralf Bergmann, der sich gerade zu beruhigen schien, war wieder auf einhundertachtzig: „Quatsch, quatsch, quatsch, quatsch! Der hat den doch nicht umgebracht. Der hat den gefunden. Der war tot. Und dann hat der die Idee gehabt. Dass wir ihn wegfahren und so."

„Herr Bergmann." Simarek versuchte betont sachlich zu klingen. „Wenn Sie uns die Wahrheit sagen, dann kann es durchaus sein, dass Ihr Freund Jacques ohne Nachnamen einen klug eingefädelten Mord begangen und Sie dann mit der Entsorgung der Leiche betraut hat."

„Qua... meinen Sie wirklich? Der war doch total harmlos. Wie soll er das denn gemacht haben? Hallo?"

„Ich weiß, wie er das gemacht hat. Aber Sie sind dran. Erzählen Sie bitte, was genau passiert ist. Und versuchen Sie sich auch an Details zu erinnern. Jede Einzelheit könnte wichtig sein." Simarek sprach ruhig, so dass Ralf Bergmann den Ernst jedes Wortes verstand.

Dieser sammelte sich kurz und versuchte, chronologisch zu ordnen:

„Also, Schmidtbauer kam wie jeden Freitag um kurz nach zweiundzwanzig Uhr. Ich ließ ihn rein, die letzten regulären Gäste waren gerade gegangen. Er gab mir mein Trinkgeld und ging in die Umkleide. Ich habe dann die Kasse gemacht und mich nicht weiter um Schmidtbauer gekümmert. Um kurz vor elf kam dann Jacques. Ein bisschen früher als sonst. Aber das ist auch schon vorgekommen. Ich habe ihn gebeten, mit den Räumen anzufangen, die Schmidtbauer nicht benutzte. Dann ist auch Jacques verschwunden und hat seinen Job gemacht. Gegen halb zwölf kam dann Jacques und sagte, er glaubt, Schmidtbauer sei in der Sauna zusammengebrochen. Wir haben dann beide nach ihm geguckt. Kein Puls, keine Atmung. Wir haben ziemlich schnell gesehen: Der ist tot. Ich war total aufgeregt."

„Und dann?", die Spannung im Raum war greifbar.

„Dann? Dann hat Jacques vorgeschlagen, Schmidtbauer woanders hinzufahren. Er sagte, das sei ja echt blöd für mich, wenn man jetzt einen Notarzt holen müsste. Er sagte, er könne sich mit ein paar Freunden darum kümmern. Wir müssten die Leiche nur zu einem Parkplatz an der Saar fahren."

„Und das haben Sie dann getan?"

„Ich konnte nicht mehr klar denken. Und der Vorschlag erschien mir total logisch. Ich habe dann den Landrover von meinem Bruder geholt. Wir haben Schmidtbauer in eine Papierplane gehüllt, die Jacques zufällig in seinem kleinen Clio hatte und zu diesem verdammten Parkplatz gefahren."

„Soso, Jacques hatte zufällig eine Papierplane in seinem Auto." Simarek lächelte müde über so viel Naivität. „Wo der Parkplatz war, wissen Sie noch?"

Ralf Bergmann kritzelte eine Skizze auf ein Blatt Papier und schob es in Richtung Simarek.

„Das war dort in der Nähe der Bismarckbrücke. Da parken auch öfter Jogger, bevor sie an der Saar entlangtraben. Dort hat Jacques zu mir gesagt, ich solle im Auto bleiben, er kümmere sich um die Sache. Ich habe nichts mitgekriegt. Die haben die Ladefläche geöffnet, die Leiche rausgeholt und dann bin ich gefahren, habe das Auto wieder vor dem Haus von Wolfgang abgestellt, bin noch mal zur Saunawelt, habe alles abgeschlossen und bin nach Hause. Und am Montag höre ich in den Nachrichten, dass man Schmidtbauer an der Saar gefunden hat. Ich hatte gedacht, die fahren den zu seinem Haus. Ich war total verwirrt und dann bin ich abgehauen." Wieder griff sich Ralf Bergmann in die Haare und zerzauste sie.

„Und jetzt sind Sie hier." Simarek kratzte sich einmal mehr auf seinem Handrücken.

„Und das sollen wir glauben?" Fabio Trulli schaute seinen Chef verunsichert an.

„Das sollen wir glauben", sagte der Kommissar. „Und weißt du was... ich glaube ihm sogar. Jacques Desgranges hat diese Geschichte von langer Hand vorbereitet."

Ralf Bergmann schaute erstaunt. Dass Simarek einen Nachnamen für Jacques parat hatte, hätte er nicht erwartet.

„Und er hat seinen Plan vergangenen Freitag in die Tat umgesetzt. Ob er wirklich geplant hatte, die Leiche an die Saar zu fahren, weiß ich nicht. Vielleicht war das auch der Charme der Möglichkeit, der ihn da verleitet hat. Wir haben nur ein Problem."

„Wir wissen nicht, wo Jacques Desgranges ist", schlussfolgerte Fabio und sein Chef nickte.

„Hmmm, ich fasse zusammen." Simarek bemühte sich um einen angemessen ernsten Tonfall. „Sie haben illegal eine Leiche entsorgt. Das ist strafbar. Wie der Straftatbestand lautet, sucht Ihnen mein Assistent gerne heraus. Ich könnte Sie auch wegen Tatverdachts hierbehalten. Aber Ihre Story ist so aberwitzig, dass ich geneigt bin, Ihnen zu glauben. Ich bin mir sogar sicher, dass es so gewesen ist, wie Sie beschrieben haben. Sie können also gehen."

„Gehen? Nach Hause?" Ralf Bergmann schaute ungläubig.

„Ja. Und Sie können Ihren Bruder gleich aus der U-Haft mitnehmen. Mal sehen. Es ist jetzt halb sechs. Bis sechs ist er auch draußen. Dann können Sie ja noch prima in seinen Geburtstag reinfeiern. Sagen Sie einen schönen Gruß und halten Sie sich in den nächsten Tagen zu unserer Verfügung. Ich habe wenig Lust, Sie im Elsass suchen zu müssen, wenn wir noch Fragen haben."

„Geht klar." Ralf Bergmann war die Erleichterung anzusehen. Viel mehr noch, sie lag spürbar im Raum.

„So, und jetzt?" Es war Fabio Trulli, der die Stille durchbrach, nachdem ein Uniformierter Ralf Bergmann hinausgeführt hatte.

„Jetzt suchen wir Jacques Desgranges. Und ich habe keine Ahnung, wo."

„Vielleicht ist der ja auch ins Elsass gefahren", meinte Fabio.

Doch Robert Simarek war sich sicher: „Irgendwo wartet der auf uns."

Freitag, 18. Oktober 2002

•

Simarek hatte tief und vor allem lang geschlafen. Der Abend war relativ ereignislos geblieben. Fabio hatte noch die Spurensicherung losgeschickt, um den Parkplatz, den Ralf Bergmann beschrieben hatte, zu untersuchen. Viel versprachen sich Simarek und Trulli davon aber nicht mehr. Und Simarek selbst hatte noch einmal Michelle Huppert angerufen, um eine grenzübergreifende Fahndung nach Jacques Desgranges zu veranlassen. Doch der schien wie vom Erdboden verschwunden.

Nach diesem Tag hatte der Kommissar keine Lust mehr auf Gesellschaft gehabt. Weder die *Gelbe Kastanie* noch ein Besuch bei Hassdenteufel reizten ihn. Er kannte diese Stimmung, wenn er der Lösung eines Falles immer näher kam und gleichzeitig merkte, wie viel Energie ihn sein Einsatz doch kostete. So war er bereits zur Tagesschau zu Hause gewesen und mit einem Bier vor dem Fernseher eingeschlafen. An die Nachrichten konnte er sich nicht mehr erinnern. Gegen Mitternacht war er dann in seinem Sessel noch einmal aufgewacht und hatte sich für das bequemere Bett entschieden. Als er erwachte, hatte er mit kleinen Unterbrechungen fast zwölf Stunden geschlafen. Sein Körper schien diese Zeit gebraucht zu haben.

Auf dem Küchentisch lag noch der Zettel, den er abends in seinem Briefkasten gefunden hatte. Die katholische Kirchengemeinde warb für eine ökumenische Vortrags- und Diskussionsreihe, die abwechselnd in St. Johannes und der benachbarten evangelischen Heilig-Kreuz-Gemeinde stattfinden sollte. Das Thema lautete: „Moral im 21. Jahrhundert – ein alter Begriff neu interpretiert“. Handschriftlich hatte Gerd Hassdenteufel vermerkt, Simarek sei als Initiator der Reihe auch herzlich zu allen Vorbereitungstreffen eingeladen. Ansonsten sei er aber auch jederzeit auf einen Wein im Pfarrhaus gerne gesehen. Unterschrieben war der Zettel mit „Herzliche Grüße, auch von Anna, Gerd“. Simarek musste grinsen, als er den Zettel noch einmal gelesen hatte. Das war typisch Hassdenteufel. Wenn er sich mal entschlossen hatte, seiner Gemeinde die Leviten zu lesen, dann gründlich. Und dass er auch noch die evangelischen Kollegen mit ins Boot geholt hatte, war besonders schlau, denn die in der evangelischen Nachbargemeinde Aktiven waren zum großen Teil Singles, deren unterschiedliche Lebensentwürfe eine bunte und kontroverse Diskussion versprachen. Simarek erwog sogar, eine der Veranstaltungen zu besuchen. Aber er wusste auch, dass es bei der Idee bleiben würde.

Der Blick auf die Uhr zeigte dem Kommissar, dass er noch eine Dreiviertelstunde Zeit hatte. Eine viertel Stunde davon brauchte er, um seine Wäsche aufzuhängen, die immer noch in der Waschmaschine steckte, weil er am Abend zu faul gewesen war, diese zu leeren. Da die Kleider aus diesem Grunde noch nass waren, blieb ihm nicht viel Auswahl. Die schwarze Cargohose musste für einen weiteren Tag herhalten, dazu ein schwarzes T-Shirt und die schwarze Lederjacke, das würde als Outfit sowohl für die Pressekonferenz als auch die Beerdigung von Gesine Mollet reichen müssen. Nun ja. Farblich war das immerhin passend.

Im Kommissariat herrschte um kurz vor neun die Art gespannter Unruhe, die vor Pressekonferenzen üblich war. Der Polizeichef goss sich gerade einen Schluck Milch in die Tasse mit sichtbar ungenießbarem alten Kaffee, als Simarek in der Tür erschien.

„Darf man fragen, was Sie der versammelten Presse zu bieten haben?“, fragte Duchene und seine Stimme klang leicht angespannt. Simarek musste grinsen. Er ahnte, dass es Duchene überhaupt nicht gefallen hatte, dass mit den Bergmann-Brüdern am Vorabend zwei bisher potentiell Tatverdächtige entlassen worden waren.

„Mein lieber Herr Polizeichef...“ Simarek versuchte ernst zu bleiben. „Ich habe nicht um diese Pressekonferenz gebeten.“

„Mensch Simarek, Sie wissen genau, dass wir ein gutes

Verhältnis zur Presse brauchen. Hätten wir die Brüder nicht wenigstens bis heute Mittag behalten können?"

„Das ist nicht Ihr Ernst."

„Natürlich nicht."

„Aber es wird Sie trösten, dass wir wissen, wer der Täter ist."

„Habe ich schon gehört. Ihr Kollege Trulli ist wesentlich auskunftsfreudiger als Sie, mein lieber Herr Oberkommissar."

Fabio schaute peinlich berührt in Richtung Fußboden, als suchte er dort die Antwort auf eine Frage, die niemand gestellt hatte. Simarek beschloss, Fabio im Laufe des Tages noch mit einer kleinen Gemeinheit zu bedenken, obwohl er wusste, dass der Polizeichef gerne Kommissar und Assistenten gegeneinander ausspielte. Er meinte das gar nicht böse, es war seine Art, andere ein bisschen hochzunehmen.

„Ihr Problem ist nur", fuhr Duchene fort, „dass Sie nicht wissen, wo der alte Herr abgetaucht ist, den Sie suchen."

„Ich warte noch auf Nachrichten aus Forbach", sagte Simarek spitz und ahnte bereits, dass Duchene diese schon hatte.

„Da hätten Sie früher aufstehen müssen, und ich meine das wörtlich. Ihr Kollege Trulli hat mich schon darüber informiert, dass offenbar niemand aus der Nachbarschaft in Hanviller weiß, wo Desgranges sich aufhält. Er galt als Eigenbrötler und wohnt dort erst seit drei Jahren wieder, obwohl das Haus alter Familienbesitz ist. Hin und wieder hat ihn dort wohl eine junge Dame besucht. Eine Nachbarin meinte, das sei seine Tochter gewesen. Aber Desgranges ist nie verheiratet gewesen. Vielleicht war die junge Dame auch ganz was anderes.“ Duchene grinste.

„Wie dem auch sei“, sagte Simarek. „Der Presse können wir leider nichts von Desgranges erzählen. Wir fahnden nach ihm und sollten hier keine schlafenden Hunde wecken. Vielleicht ist er ja gar nicht abgetaucht und geht uns ganz von selbst ins Netz.“

„Und was sagen wir dann der Presse?“ Duchene wirkte nervös.

„Och, sagen Sie doch, wir haben eine heiße Spur. Aber aus ermittlungstechnischen Gründen, blablabla, und so weiter…“

Genau dies berichtete der Polizeichef den Journalisten, er wählte dafür nur andere Worte. Die Reporter von Presse, Funk und Fernsehen waren über die dünne Informationslage alles andere als erfreut, fügten sich aber darein. Dass man zwei Tatverdächtige auf freien Fuß gesetzt hatte, belegte, dass man einer neuen Spur folgte. Und dass diese nach Frankreich führte, hatte Duchene ihnen noch offenbart, um dann um neun Uhr fünfundzwanzig die Pressekonferenz für beendet zu erklären.

„Na, das ist doch super gelaufen“, meinte Simarek, der während der fünfundzwanzig Minuten nicht einen Ton gesagt hatte, sehr zum Missfallen des Polizeichefs. Aber irgendwie musste sich Duchene, so sah es jedenfalls Simarek, seine herausgehobene Stellung ja verdienen.

Und dass rund zehn Journalisten den Konferenzraum im Kommissariat ohne nennenswerte Informationen, aber dennoch größtenteils mit einem guten Gefühl verlassen hatten, das war schon eine Leistung, für die Simarek Duchene Respekt zollte. Duchene konnte reden, den Rest überließ er Simarek und Trulli, eine Arbeitsteilung, mit der alle Beteiligten genau genommen doch sehr zufrieden sein konnten. Das jedenfalls dachte der Kommissar, als er mit Fabio das Kommissariat verließ, um Gesine Mollet in Saarlouis das letzte Geleit zu geben.

•

Als der Peugeot auf dem Parkplatz vorfuhr, läuteten schon die Glocken der kleinen Friedhofskapelle des Hauptfriedhofs. Die Sonne schien sanft, und es versprach ein schöner Herbsttag zu bleiben. Simarek empfand das als versöhnliches Angebot der Natur. Die Beerdigung von Alfons Schmidtbauer auf dem Saarbrücker Hauptfriedhof würde am Montag folgen. Auch dort wollte Simarek mit Fabio Trulli hingehen. Er fühlte gegenüber den Toten, mit denen er über den Dienstweg in Kontakt kam, eine innere Verpflichtung, den Weg zum Grab mitzugehen. Außerdem ließen sich auf Friedhöfen, so die Fälle noch nicht gelöst waren, zuweilen wertvolle Informationen sammeln.

Die kleine Kapelle war voll, so voll, dass die Türen offen geblieben waren und ein Teil der Trauergemeinde außerhalb der Halle stand. Das wunderte Simarek. Er hatte nicht erwartet, dass Gesine Mollet so viele Menschen gekannt hatte. Aber oft schon hatte er die gewachsenen dörflichen Strukturen unterschätzt, und ein Blick auf das Publikum verriet ihm schnell, dass die meisten wohl eher wegen Gesines Eltern gekommen waren, um diesen den Abschied zu erleichtern. Solidarität war in solchen Situationen wichtig. Das wusste der Kommissar. Und Solidarität wurde an der Saar großgeschrieben. Auch das hatte ihm Land und Leute schon ganz zu Anfang sehr sympathisch gemacht. Wolfgang Bergmann war auch da, zusammen mit seiner Frau. Als er Simarek erblickte, winkte er ihm kurz zu. Er wirkte ernst, so als hätten die letzten Tage etwas in ihm ausgelöst, was noch der Verarbeitung bedurfte. Simarek hatte Studien darüber gelesen, welche inneren Prozesse bei unschuldig unter Verdacht Geratenen abliefen. Er hatte nie an eine Schuld von Wolfgang Bergmann geglaubt, ihm aber dennoch die letzten Tage nicht ersparen können. Doch Simarek war sich sicher, dass Bergmann bei Frau und Familie den nötigen Rückhalt fand.

Auch Emilie Schrader war da. Sie kam kurz auf Simarek zu, drückte ihm die Hand und sagte „Danke". Wofür sie sich bedankte, war dem Kommissar nicht ganz klar. Aber er war taktvoll genug, nicht nachzufragen. Irgendwie spürte er, dass die Verhaftung von Wolfgang Bergmann auch an ihr nicht spurlos vorübergegangen war und dass sie für Bergmann vermutlich immer noch mehr empfand als nur Freundschaft.

Simarek reagierte natürlich auch emotional auf die Menschen, mit denen er es im Laufe seiner Ermittlungen zu tun bekam. Und Emilie Schrader würde er so schnell nicht vergessen.

Simarek schaute sich weiter unter den Trauergästen um, während in der Halle die Pfarrerin davon sprach, dass der Tod nicht das letzte Wort habe, auch wenn speziell dieser Tod ratlos mache. „Ratlos, aber nicht trostlos“, sagte sie und versuchte mit ihrer warmen, einfühlsamen Stimme die Zuhörenden zu erreichen. Und dann sah Simarek Simone Richter. Auch sie war ganz in Schwarz gekleidet, mit einem Hut, der die Andeutung eines Schleiers besaß, so dass ihr Gesicht ein wenig verhüllt war. Sie erblickte Simarek und hob kurz die Hand, um zu signalisieren, dass sie ihn bemerkt hatte.

Auch in Schwarz sah Simone Richter ungemein attraktiv aus, und Simarek schämte sich ein bisschen dafür, dass er während einer Beerdigung über die Schönheit einer Frau nachsann. Er verscheuchte den Gedanken wieder und verlor Simone Richter aus den Augen, als die Trauergemeinde zum Grab aufbrach, um den Abschiedsritus zu Ende zu bringen.

Die Eltern hatten darum gebeten, von Beileidsbezeugungen am Grab Abstand zu nehmen, wie es in der Todesanzeige geheißen hatte. Und die meisten Trauergäste hielten sich daran. Nachdem die Pfarrerin Gesines Eltern die Hand gedrückt hatte, zerstreute sich die Gemeinde.

Fabio Trulli war gar nicht mehr mit ans Grab gekommen, weil ihn offene Gruben so deprimierten, wie er sagte. Als auch der Kommissar sich anschickte, den Ort zu verlassen, rief jemand: „Herr Simarek!".

Es war Erna Mollet, die nun auf ihn zukam.

„Das ist aber schön, dass Sie auch gekommen sind." Ihr Gesicht verriet, dass sie diesen Satz genau so meinte, wie sie ihn gesagt hatte. Simarek suchte nach passenden Worten, aber Erna Mollet machte es ihm leicht, indem sie weitersprach.

„Ich habe noch oft an Ihre beiden Besuche bei uns denken müssen. Es ist bestimmt nicht leicht, solche Nachrichten zu überbringen und sich dann auch noch mit den privaten Dingen fremder Menschen beschäftigen zu müssen."

„Das ist meine Arbeit, und ich habe mich daran gewöhnt. Sie wirken sehr gefasst, Frau Mollet."

„Ja. Der Gang zum Grab hat geholfen. Auf dem Weg von der Trauerhalle bis hierhin hat man ja ein paar Minuten zum Nachdenken. Und da habe ich mir noch mal klargemacht, dass dieser Abschied jetzt endgültig ist. Aber verabschiedet hat sich Gesine ja schon länger von uns." Sie kramte in ihrer Tasche und zog das Foto der Puppe heraus, das sie Simarek schon bei seinem letztem Besuch in der Moltkestraße gezeigt hatte.

„Es ist schon merkwürdig, dass meine Tochter am liebsten mit einer Puppe gesprochen hat."

„Ich denke, sie hat schon gewusst, dass sie mit Frau Richter spricht", sagte der Kommissar. „Manchmal führen ja auch Umwege zum Ziel, und die Puppe war so ein Umweg, um Frau Richter zu erreichen." Er wusste nicht, warum er die Methoden der Psychotherapeutin verteidigte. Aber er spürte, dass Erna Mollet immer noch darunter litt, letztendlich keinen Zugang zu ihrer Tochter gefunden zu haben.

„Ich glaube, auch Sie haben sich sehr um Gesine bemüht", sagte der Kommissar sanft. „Manchmal findet man eben keinen Zugang zu einem Menschen, selbst wenn er einem sehr nahesteht. Sie täten Recht daran, sich nicht selbst mit Vorwürfen zu quälen."

„Finden Sie?" Erna Mollet machte den Eindruck, als sei sie selbst nicht ganz sicher. Ihr Kopf hatte begriffen, dass sie wirklich viel versucht hatte, aber im Bauch war immer noch der letzte Rest eines Gefühls. Da war diese letzte unbeantwortete Frage, ob es nicht doch einen anderen Weg gegeben hätte.

„Ja, das finde ich", sagte Simarek und er meinte es ehrlich.

„Eigentlich wollte ich Gesine das Foto ja mit ins Grab geben. Aber jetzt bekommt Lisette doch einen Rahmen bei mir auf der Kommode."

Dem Kommissar stockte der Atem. Dennoch bemühte er sich um Fassung. „Die Puppe heißt Lisette?"

„Ja, jedenfalls hat mir Gesine das erzählt. Die Psychologin hat sie von ihrem Vater bekommen, als sie ganz klein war."

Simarek drückte Erna Mollet die Hand. Was jetzt in seinem Kopf vorging, konnte er unmöglich mit der trauernden Mutter teilen. Er bemühte sich um ein paar abschließende warme Worte, und Erna Mollet packte das Foto mit der Puppe wieder in ihre Handtasche. Dann ging sie zu ihrem Mann zurück, der noch bei der Pfarrerin stand.

Simarek schaute sich um. Wo war Simone Richter? Er hätte jetzt doch ein paar Fragen gehabt. Aber die Psychotherapeutin war nirgendwo zu sehen. Im Kopf des Kommissars arbeitete es rasend schnell. Lisette war ein seltener Name. Dass die Puppe so hieß wie Schmidtbauers Ehefrau, war kaum ein Zufall. Dass die Puppe mehr als dreißig Jahre alt war, passte auch. Aber was hatte Simone Richters Vater mit der Sache zu tun, sie suchten doch einen Jacques Desgranges? Und allenfalls noch einen Peter Conrad. Der Name Richter war in diesem Zusammenhang noch nie gefallen. Und plötzlich sah Simarek klar. Er wusste, was er übersehen hatte…

•

Das kleine Hospiz in Bitche lag am Fuße des Berges. Oberhalb erhob sich mächtig die Zitadelle, die zugleich Wahrzeichen der kleinen Stadt war. Das Gebäude war schlicht und funktionell. Von außen betrachtet ließ nichts auf erhöhten Komfort schließen. Der kleine grüne Streifen rechts und links des Weges zur gläsernen Eingangstür sah nicht sehr einladend aus. Aber Patienten, die das Hospiz als letzte Station ihres Lebens wählten, hatten entweder noch genug Kraft, um in der näheren Umgebung die Natur zu genießen oder waren bereits so schwach, dass sie ihre Zimmer kaum noch verließen.

Als Simarek allerdings den Eingangsbereich durchschritten hatte, änderte sich sein Eindruck. Innen war das Gebäude freundlich und hell. Bilder in lebendigen Farben schmückten die Wände. Der Eingangsbereich atmete Leben. „Merkwürdig", dachte Simarek. „Hier riecht es gar nicht nach Tod."

„Sieht ziemlich lebendig aus hier, oder?" Simone Richter kam aus einem Seitengang auf den Kommissar zu. „Ich habe auf Sie gewartet."

„Ich habe erwartet, dass Sie mich erwarten. Sie sind schließlich Psychologin und hatten einen gewissen Informationsvorsprung."

„Ja, aber um ehrlich zu sein, ich weiß es auch erst seit Ihrem letzten Besuch."

„Weil ich von Schmidtbauers Ehefrau gesprochen habe und der Name Lisette fiel? Da haben Sie dann die losen Enden zusammengebunden."

„Das war logisch. Und als ich dann sah, dass Gesines Mutter Ihnen das Foto zeigte, und hörte, dass sie Ihnen den Namen der Puppe verriet, da wusste ich natürlich, dass Sie kommen würden. Wie gesagt, alles logisch. Aber trotz aller Logik bleiben Menschen doch oft ein Rätsel."

„Man durchschaut sie nicht?"

„Oh nein, so einfach ist das nicht. Sehen Sie, ich kann vieles fachlich einschätzen, Diagnosen stellen, Therapien einsetzen und das alles verstehen. Verstehen eben mit dem Verstand. Und trotzdem fühlt es sich manchmal anders an. Ich kenne meinen Vater mein ganzes Leben lang, ich liebe ihn, und doch…“ Sie stockte, so als ringe sie nach den richtigen Worten. Simarek spürte, dass sie diese selbst finden wollte und schwieg geduldig.

„Ich glaube, letztendlich können wir nicht in die Seele eines Menschen schauen. Auch wenn wir ihn noch so gut kennen. Mein Vater ist ein guter Vater, er hat mir Liebe gegeben, er war immer da. Und nun soll er einen Menschen getötet haben. Das geht mir nicht in den Kopf. Ich habe nichts gespürt, was auf einen dunklen Fleck hingewiesen hätte.“

„Und, haben Sie jetzt eine Antwort?“

„Ich habe noch nicht mit ihm darüber gesprochen. Ich wollte auf Sie warten. Ich habe selbst ein wenig gebraucht, um meine Gefühle wieder zu ordnen. Das kann ich ganz gut, obwohl es mich natürlich drängt, ihn zu fragen: ‚Warum?‘“

„Die ganze Geschichte kann uns hoffentlich Ihr Vater erzählen. Kann er?“

„Ja, er wird zwar immer schwächer, aber er hat noch Kraft.“ Simone Richters Augen glänzten feucht, signalisierten aber auch eine Offenheit, die Simarek faszinierte. Doch noch mehr drängte es ihn, die Geschichte von Jacques Desgranges zu hören, der die nackte Leiche von Alfons Schmidtbauer sorgfältig drapiert der Lächerlichkeit preisgegeben hatte. Gut, Schmidtbauer hatte Desgranges die Freundin ausgespannt, aber das war vor vierzig Jahren gewesen. Warum jetzt, so viele Jahre später? Und warum so?

Simone griff nach dem Arm des Kommissars.

„Wir müssen hier lang."

Gemeinsam folgten Kommissar und Psychotherapeutin dem Korridor, der ebenfalls mit Farben des Lebens geschmückt war. Sie schwiegen, bis sie vor der Tür zum Zimmer von Jacques Desgranges standen.

„Darf ich mit rein?"

„Ja", sagte der Kommissar und drückte entschlossen die Türklinke herunter.

•

Jacques Desgranges saß in einem großen roten Ohrensessel, bekleidet mit einem leichten Jogginganzug. Es war offensichtlich, dass er einmal ein kräftiger Mann gewesen war. Würde strahlte er aus. Er wirkte nicht wie jemand, der mit dem Schicksal haderte. Da saß ein Mann, der dem Tod mit offenem Visier entgegentrat.

Simone Richter küsste ihren Vater auf die Wange und stellte vor: „Papa, das ist Kommissar Simarek."

„Ah, Sie kommen wegen Schmidtbauer."

Die entwaffnende Offenheit von Desgranges überraschte den Kommissar nicht einmal. Er setzte sich auf den einzigen weiteren freien Sessel und fragte nur: „Was ist passiert?"

„Ich hab ihn umgebracht. Vierzig Jahre zu spät. Aber

immerhin. Ich wollte nicht gehen, ohne ihn. Und als meine Diagnose klar war und die Prognose auch, da wusste ich, ich muss handeln, bevor ich zu schwach bin. Wie sagt man? Ich musste die alte Rechnung begleichen."

„Sie haben ihn gehasst?"

„Mein ganzes Leben, jedenfalls seit vierzig Jahren. Nun ja, ich hatte vieles…" Er stockte. „Nein, nicht vergessen, wie sagt ihr Psychotherapeuten, Simone? Verdrängt. Ja, das ist das Wort. Ich habe aus meinem Leben ausgeblendet, was damals passiert ist. So gut es ging, habe ich die Erinnerungen aus meinem Leben ferngehalten, auch wenn sie immer mal wieder hochkamen, aber das war nicht so oft."

„Er hat Ihnen Lisette genommen…"

„Das wäre zu einfach. Dafür hätte ich ihn nicht hassen müssen. So wichtig war Lisette nicht. Ich hatte ja dann schnell eine andere Freundin, Simones Mutter. Aber…" Jacques Desgranges kratzte sich am Kinn.

„Er muss sich sammeln und braucht eine Pause", dachte der Kommissar und schwieg.

„Ich wollte nie darüber sprechen. Ich könnte auch jetzt schweigen. Aber ich sterbe, vermutlich nicht heute, vielleicht erst in einem oder in zwei Monaten, aber ich sterbe. Und ich will, dass meine Tochter mich versteht. Denn ich habe eine Seite in mir, die du nicht kennst, Simone."

„Aber du hast immer gesagt, dass Hass kein Weg ist." Simone Richter wirkte äußerlich gefasst, aber Simarek bemerkte das leichte Zucken um Mundwinkel und Augen der Psychologin.

„Das habe ich, mein Schatz, wie um es mir selbst immer wieder zu sagen. Und ich bin sicher, dass das auch stimmt. Aber es gibt Hass, der frisst an dir, es gibt Hass, der macht krank, es gibt Hass, der schreit nach Vergeltung, nach Rache. Und ich wollte Rache." Desgranges trug seine Sätze ruhig und gelassen vor, im Ton eines Menschen, der dabei war, das Kapitel Leben unabänderlich abzuschließen.

Und obwohl Simarek bei Desgranges weder Anzeichen von Reue noch Schuldbewusstsein ausmachen konnte, fühlte er eine seltsame Sympathie für den alten Mann in dem roten Ohrensessel. Natürlich wusste Simarek, dass das nichts an der Schuld von Desgranges änderte. Aber Simarek verstand seinen Beruf schon lange nicht mehr moralisch. Und so manchen Mörder konnte er bei genauerer Betrachtung sogar verstehen, was nichts daran änderte, dass er ein Mörder blieb. So lag der Fall auch hier, auch wenn Simarek bereits wusste, dass Desgranges seinen Prozess nicht mehr erleben würde.

„Was ist passiert?", fragte nun Simone.

„Wir waren jung und wir mochten uns von Anfang an nicht, Alfons Schmidtbauer und ich. Was uns einte, war unsere Leidenschaft für Hunde. Ich hatte einen Schäferhund, er zwei Dobermänner. Deshalb war er auch Mitglied in unserem Hundeverein geworden. Er brauchte einen Platz, wo er seine Hunde trainieren konnte. Und das musste man ihm lassen, er hatte die Tiere im Griff.

Aber er war auch gefährlich. Denn er prahlte damit, dass er seine Hunde auch als Waffe einsetzen wollte. Wir hielten das für einen schlechten Witz, bis er es eines Tages wirklich tat."

Desgranges verstummte, das Sprechen schien ihm schwerzufallen. Das war wohl teilweise auch eine Folge seiner Erkrankung, aber nicht nur. Offenbar war es auch schwer, in Worte zu fassen, was jahrzehntelang nur gefühlt worden war. Jetzt drang es nach außen, musste aber seine Form noch finden.

Simarek beschloss, Jacques Desgranges Zeit zu lassen und auch Simone Richter drängte ihren Vater nicht. Hier in diesem Zimmer am Ende des Lebens schien Zeit ohnehin keine entscheidende Rolle mehr zu spielen.

So schwiegen alle, bis Jacques Desgranges neue Kraft gefunden hatte und weitersprach:„Wir waren damals alle noch sehr jung, hielten uns aber mit unseren vierundzwanzig schon für sehr erwachsen. Ich war der einzige, der eine Freundin hatte. Meine Freunde Pierre Duvall und Peter Conrad waren solo. Aber ich hatte Lisette. Lisette war hübsch und sie hatte auch eine Schäferhündin. Das passte gut zusammen. Aber Alfons Schmidtbauer fand ebenfalls Gefallen an Lisette. Und er war ein aufbrausender und machtgieriger Mensch. Er gehörte wohl zu der Sorte, die sich einfach nimmt, was sie meint besitzen zu müssen. Und er hat sich Lisette genommen, indem er mich vor ihren Augen gedemütigt hat. Es fällt mir sehr schwer das zu erzählen, aber vielleicht erklärt das meinen unbeschreiblichen Hass."

Wieder machte Desgranges eine Pause, um Kraft zu sammeln. Und diesmal war klar, dass es nicht die Physis war, die nach einer Unterbrechung verlangte, sondern die Psyche. Aber Desgranges hatte beschlossen, reinen Tisch zu machen.

„Es war der Abend unseres Vereinsfestes Anfang Juni. Es war schwül, wir hatten gefeiert und wir hatten getrunken. Am Ende waren nur noch Pierre Duvall, Peter Conrad, Schmidtbauer und ich übrig. Lisette wollte nur kurz ihre Hündin nach Hause bringen, später aber noch mal wiederkommen. Wir hatten unsere Hunde in unsere Autos gebracht und tranken weiter, auch wenn wir uns nicht sonderlich leiden konnten. Und dann kam ein heftiger Platzregen. Und in unserem Übermut haben Peter und ich uns die Klamotten vom Leib gerissen und sind auf dem Hundeplatz herumgetollt. Plötzlich stand Schmidtbauer da mit seinen beiden Hunden. Im Gegensatz zu uns war er nicht ganz so betrunken. Und als wir das gefährliche Knurren seiner Tiere hörten, waren wir auch ganz schnell wieder ziemlich nüchtern. Schmidtbauer befahl uns, uns auf den Boden zu legen, sonst würde er die Hunde auf uns hetzen. Wir haben ihm noch gesagt, er soll den Quatsch lassen. Aber er meinte es bitterernst. Und dann kam zu allem Unglück auch noch Lisette wieder und sah uns da nackt im Matsch liegen. Und Schmidtbauer sagte: ‚So, und jetzt mal schön den Hintern nach oben für die schöne Lisette. Sonst kommen die Hunde.‘ Und wir hörten, wie er sich anschickte, die Leinen zu lösen. Also haben wir auch das noch gemacht. Ich werde das Lachen von Schmidtbauer nie vergessen."

Für eine Weile war es ganz ruhig im Zimmer. Desgranges wirkte merkwürdig gefasst. Er schien erleichtert.

„Lisette hat nie wieder mit mir gesprochen. Sie werden sich fragen, ob mich der Verlust so hart getroffen hat. Hat er nicht. Es war nicht die große Liebe, die er mir genommen hat. Es war die Demütigung, die ich nie verwunden habe. Dieses Gefühl, von diesem Arschloch so vorgeführt worden zu sein. Das hat mich mein Leben begleitet. Peter und ich konnten uns lange nicht in die Augen schauen. Und Peter war immer mein bester Freund gewesen. Wir haben Jahre gebraucht, bis wir uns wieder regelmäßig sehen konnten. Nur über ein Thema haben wir nie mehr wieder gesprochen."

Simone schaute ihren Vater an. „Und warum hast du mir eine Puppe geschenkt, die du Lisette genannt hast?"

„Das war eine blöde Idee von mir. Einfach eine Laune ohne tieferen Sinn. Es sei denn, du findest darin einen. Ihr Psychologen habt dafür bestimmt eine Erklärung. Die Puppe habe ich ja erst Jahre später gekauft. Du warst, glaube ich, drei. Und als du mich gefragt hast ‚Wie heißt die denn?', ist der Name einfach aus mir herausgesprudelt. Deine Mutter hat sich auch gewundert, denn die kannte die Geschichte mit Lisette natürlich nicht. Sie hat mich noch tagelang gelöchert, wer denn Lisette sei. Sie war nämlich ziemlich eifersüchtig, auch wenn sie nie heiraten wollte. Sie hat es dann Gott sei Dank wieder aufgegeben, nachzuhaken. Aber ich hatte mir unbeabsichtigt ein Erinnerungsstück geschaffen. Denn für dich hieß die Puppe seitdem Lisette, und das hat mir die alte Geschichte hin und wieder in Erinnerung gerufen."

„Und deshalb hatten wir auch nie Hunde, obwohl ich so gerne einen gehabt hätte." Simone Richter sagte das sehr nachdenklich, so als habe sie gerade ein altes Puzzleteil ihrer Kindheit entdeckt.

Jacques Desgranges lächelte. „Deine Mutter wollte keine, sie hatte Angst vor Hunden. Und ich wollte auch keine mehr, denn Hunde erinnerten mich natürlich immer wieder an das Geschehene. Meinen Schäferhund hat mein Vater übernommen."

„Ähm..." Simarek räusperte sich. Er unterbrach das intime Familiengespräch nur ungern. Aber er wollte zurück zum Fall Schmidtbauer. „Sie werden verstehen, dass ich noch ein paar Fragen habe."

„Und Sie sollen Antworten erhalten. Ich erzähle einfach weiter. Sie werden sich fragen, ob ich Schmidtbauer mein ganzes Leben lang verfolgt und beobachtet habe. Nein, das habe ich nicht. Er ist mir erst in letzter Zeit wieder häufiger in die Gedanken gekommen. Das mit dem Verdrängen funktionierte nicht mehr so gut. Vor zwei Jahren bin ich von einer Bande junger Rotznasen bedroht worden. Die wollten an meinen Geldbeutel und hatten einen Dobermann dabei. Da kamen dann zufällig zwei Polizisten um die Ecke und die Bande hat das Weite gesucht. Seitdem war die alte Geschichte in mir wieder aufgebrochen, und ich dachte häufig daran."

„Retraumatisierung nennt man das", murmelte Simone Richter und schaute unglücklich drein, als ihr Vater weitererzählte.

„Aber der eigentliche Auslöser war ein Zufall. Den Kontakt zu Schmidtbauer fand ich über meine Tochter."

Simone Richter verbarg ihr Gesicht in den Händen und schüttelte den Kopf. Offenbar wusste sie, was kommen würde.

„Simone spricht nie von ihren Fällen. Nur einmal, da hat sie gesagt, dass eine Klientin…" Er wandte sich an seine Tochter: „So nennst du deine Patientinnen doch? Dass also eine Klientin deine Puppe als Gesprächspartnerin entdeckt habe. Und dass sie über Lisette mit dir spreche. Und dann hast du noch gesagt, dass du froh bist, dass sie ihren Job bei *ASP* gekündigt hat. Das ist dir nur so rausgerutscht und du hast dann auch schnell das Thema gewechselt. Aber bei *ASP* klingelten bei mir alle Glocken, und Schmidtbauer war plötzlich wieder präsent in meinen Gedanken. Und als dann vor einem Vierteljahr die Diagnose kam, dass ich nicht mehr lange zu leben habe, da ist dann in mir der Entschluss gereift, dass ich Alfons Schmidtbauer mitnehme. Es tut mir übrigens wirklich leid, wenn Ralf Bergmann meinetwegen Ärger bekommen haben sollte. Ein netter Kerl. Vielleicht ein bisschen naiv."

•

Jahrzehntealter Hass war also das Motiv gewesen. Simarek hatte so etwas erwartet. Und dass Desgranges seinen Widersacher mit ins Grab nehmen wollte, hatte für den Kommissar eine Logik, die er kannte. Es gab für Desgranges nichts mehr zu verlieren, jedenfalls nicht das Leben. Also hatte er sich entschlossen zu handeln. Dabei war er planvoll vorgegangen und hatte eine logistische Meisterleistung vollbracht. Als Frührentner hatte er Zeit und konnte die Gewohnheiten von Schmidtbauer ausspionieren. Nachdem klar war, dass Schmidtbauers Leben immer wiederkehrenden Ritualen folgte, bemühte sich Desgranges um einen Job in der Putzfirma für die Saunalandschaft in Fechingen. Das brachte er der Firma mit der Begründung nahe, sie könne Fahrtkosten sparen, weil er ohnehin einen Wohnsitz in Fechingen habe. Eine glatte Lüge, die aber durchging, da er schwarz arbeitete und niemand Fragen stellte. Zwei Wochen lang putzte Desgranges abends die Räumlichkeiten der Saunalandschaft und kundschaftete sie dabei aus. Seine schwindenden Kräfte machten ihm klar, dass er bald handeln musste.

Der Plan war schnell gemacht. Er sei selbst überrascht gewesen, wie einfach er an das Gift gelangt war und seinen Plan umsetzen konnte. Schmidtbauer habe sich schließlich selbst vergiftet. Eigentlich habe er vorgehabt, die Leiche einfach liegen zu lassen und zu verschwinden. Aber dann sei ihm eine andere Idee gekommen und Ralf habe mitgespielt. Und so habe er dafür sorgen können, dass man Schmidtbauer in, wie er es nannte, angemessener Pose fand. Wer ihm an dem Saar-Parkplatz geholfen hatte, dazu schwieg sich Desgranges in seinem roten Ohrensessel aus. Simarek hatte dazu zwar eine Idee, aber er wusste nicht, ob er sie wirklich verfolgen wollte. Für ihn war der Fall fast abgeschlossen, und er sah wenig Sinn darin, einen sterbenden Mann aus dem Hospiz heraus in ein Gefängniskrankenhaus verlegen zu lassen. Vermutlich würde Desgranges ohnehin nicht haftfähig sein. Aber das mussten andere Stellen entscheiden. Er würde seinen Polizeichef informieren und dann müsste mit der Staatsanwaltschaft geklärt werden, was als Nächstes geschehen sollte. Er selbst hatte im Moment keine Handhabe, um aktiv zu werden. Er war spontan und ohne Rückendeckung der französischen Kollegen nach Bitche gefahren. Sein Besuch war genau genommen privat.

„Ich kann Sie nicht festnehmen", sagte Simarek zu Desgranges. „Wir sind in Frankreich und ich weiß auch nicht, ob irgendein Untersuchungsrichter bei Ihrem Zustand einer Inhaftierung zustimmen würde. Das haben Sie sicher auch so eingeplant. Monsieur Desgranges, auch wenn ich vieles von dem verstehen kann, was Sie erzählt haben: Mord bleibt Mord."

„Ich verstehe Ihre Haltung auch, Herr Kommissar. Aber wissen Sie, ich wollte nur, dass meine Tochter mich versteht."

Simone Richter schaute ihren Vater traurig an und sagte dann sehr leise: „Ich verstehe dich. Ja. Mir ist jetzt einiges klar geworden. Trotzdem finde ich furchtbar, was du getan hast. Und das weißt du auch, denn es widerspricht fast allem, was du mir beigebracht hast. Es ist ein Verrat an den Idealen, an die ich als Kind geglaubt habe und die ich als Erwachsene immer noch für richtig halte. Ich finde es traurig, dass du keine andere Lösung gefunden hast. Aber damit muss ich als deine Tochter wohl leben."

Jacques Desgranges lächelte. Etwas anderes hatte er wohl auch nicht erwartet. Dann wandte er sich dem Kommissar zu. „Herr Simarek. Ich verspreche Ihnen, ich werde nicht weglaufen. Nur falls Sie doch noch vorhaben, mich verlegen zu lassen. Dem Rechtsstaat muss Genüge getan werden. Das sehe ich ein. Und ich habe wirklich nicht mehr viel zu verlieren. Vielleicht ein wenig Bequemlichkeit. Obwohl Sterben vermutlich an keinem Ort bequem ist."

„Da mögen Sie Recht haben", antwortete der Kommissar, erhob sich und sagte: „Leben Sie wohl, Monsieur Desgranges. Auf Wiedersehen, Frau Richter." Dann verließ er das Zimmer, nicht sicher, wohin er jetzt gehen oder fahren sollte. Er hatte gerade die Eingangshalle des Hospizes verlassen, da hörte er ihre Stimme hinter sich: „Herr Simarek."

Er drehte sich um, und sie kam langsam auf ihn zu.

„Ich war am letzten Mittwoch vielleicht nicht ganz ehrlich zu Ihnen. Das tut mir leid. Aber als ich zu ahnen begann, dass mein Vater in diese Geschichte von Gesine, Lisette und Alfons Schmidtbauer verstrickt ist, war ich zuerst auch verwirrt und wusste nicht, was ich tun sollte."

„Kann ich verstehen. Auch eine Psychotherapeutin ist zunächst mal eine Tochter und ein Mensch."

„Ich würde gerne noch mal mit Ihnen sprechen, aber jetzt möchte ich zurück zu meinem Vater."

„Ich laufe Ihnen nicht weg", sagte der Kommissar. „Versprochen." Dann drehte er sich um und ging.

•

Die Sonne schien, als Simarek in seinen Peugeot stieg. Er beschloss, nicht die schnellste Route zurück nach Saarbrücken zu nehmen, er wollte einfach etwas Zeit vertrödeln und dabei den Kopf leer kriegen. Deshalb fuhr er drauflos und bevorzugte kleine Nebenstraßen. Er durchfuhr Hottviller, Bettviller und Wiesviller, Orte, von deren Existenz er bislang nichts geahnt hatte. Auch Hanviller hatte er vorher nicht gekannt und deshalb die Verbindung zu Bitche erst gezogen, als auch die zwischen Simone Richter und Jacques Desgranges offenbar wurde. Er hatte vorher einfach nicht daran gedacht, dass Tochter und Vater unterschiedliche Nachnamen haben könnten, ein Denkfehler, der ihm erst auf dem Friedhof klar geworden war. Die Landschaft, die er durchfuhr, war meist bäuerlich, zeigte aber auch hier und da Zeugnisse ihrer Keramiktradition. In Sarreguemines hielt er an, um einen kleinen und sehr schwarzen Kaffee zu trinken. Dazu stopfte er sich ein Croissant in den Mund. Die Sonne ließ die Stadt freundlich und hell wirken. Sie lud zum Verweilen ein, doch Simarek musste weiter. An der Saar entlang fuhr er Richtung Saarbrücken und hatte dabei den irrealen Wunsch, nie anzukommen.

Im Kommissariat berichtete er zunächst Fabio Trulli von seinem Besuch in Bitche. Auch dieser war nicht ganz sicher, was in diesem Fall nun geboten war. Simarek beschloss daraufhin, sofort den Kontakt zum Polizeichef aufzunehmen. Freitagnachmittag war für gewöhnlich kein Zeitpunkt, an dem man Marc Duchene in seinem Büro antraf. Normalerweise entschuldigte ihn sein Sekretariat dann mit „aushäusigen Verpflichtungen". Heute war das anders. Duchene hatte noch einen wichtigen Termin mit dem Staatsanwalt vor sich, beide wollten gemeinsam das neue Zwei-Sterne-Restaurant in Saarbrücken testen, wie er Simarek berichtete, der sich ein solches kulinarisches Fest maximal einmal im Jahr gönnte, auch, weil es an Gelegenheiten fehlte. Evi stand mehr auf Currywurst mit Pommes „ruut-wieß", der Kölner Variante mit Ketchup und Majonäse, als auf Edel-Gastronomie mit zugehörigem Service-Schnickschnack, wie sie es nannte. Simarek ging gerne sehr gut essen, aber nur in netter Gesellschaft und mit viel Zeit. Beides hatte er selten. Vielleicht sollte er Gerd Hassdenteufel mal zu einem Besuch in einem Gourmettempel überreden. Aber das war jetzt nicht das Thema. „Gut, dass Sie den Staatsanwalt heute noch sehen. Der Fall Schmidtbauer ist nämlich gelöst."

„Hervorragend, mein lieber Simarek, hervorragend, ich wusste, dass…“

„Allerdings“, unterbrach Simarek seinen Polizeichef, und dann erzählte er, was sich seit der Pressekonferenz ereignet und wie Kommissar Zufall in Form einer Puppe die Aufklärung beschleunigt hatte.

Duchene hörte aufmerksam zu und stellte nur eine abschließende Frage: „Sie meinen also, dass Desgranges seinen Prozess nicht mehr erleben wird?“

Simarek sagte, er gehe davon aus, dass Desgranges das nächste Vierteljahr nicht überleben werde, dass es aber hierfür natürlich keine Garantie gebe. Fest stehe, dass er schwer krank sei und die Krankheit zum Tode führe. Und dann sagte Simarek:

„Wissen Sie, ich bin froh, dass nicht ich jetzt die Entscheidung treffen muss, was weiterhin passieren soll.“

„Das kann ich sogar verstehen“, sagte Duchene nachdenklich, denn Simarek hatte den Polizeichef nicht darüber im Unklaren gelassen, mit welch ambivalenten Gefühlen er das Hospiz in Bitche verlassen hatte. Duchene wies auch nur kurz und ohne einen vorwurfsvollen Unterton darauf hin, dass Simareks Verhalten, ohne Unterstützung und Begleitung der Forbacher Kollegen das Hospiz in Bitche aufzusuchen, dienstrechtlich problematisch sei. Aber da fiele ihm schon etwas ein. Dennoch werde er heute noch mit den französischen Kollegen Kontakt aufnehmen und darum bitten, das Hospiz zu beobachten, auch wenn wohl keine Fluchtgefahr bestehe. Und dann sagte

Duchene einen Satz, den Simarek sich mit roter Farbe im Kalender vermerken wollte und den er vermutlich so schnell auch nicht wieder hören würde:

„Gehen Sie jetzt erst mal in Ihr Wochenende, Herr Oberkommissar. Das haben Sie sich verdient."

Wie lange der Kommissar mit offenem Mund dagestanden hatte, er wusste es nicht. Jedenfalls hatte Duchene bereits aufgelegt. „Also nichts wie raus aus dem Kommissariat", dachte Simarek, checkte aber zuvor noch im Internet die Zugverbindungen nach Köln. Die letzte Möglichkeit heute war kurz vor einundzwanzig Uhr. Das erschien ihm zu hektisch, er hatte noch ein paar Dinge zu erledigen. Aber wenn er am nächsten Morgen um halb sechs in den Zug stiege, dann wäre er um neun in Köln, und er und Evi hätten zwei ganze Tage miteinander vor sich. Evi hatte zwar gar nicht auf seinen Anruf reagiert, sie hatte seiner Absicht, nach Köln zu kommen, aber auch nicht widersprochen. Simarek wusste, sie wartete darauf, dass er sein Versprechen wahrmachte.

•

Als er an der Tür zum Pfarrhaus klingelte, war die Abendmesse bereits vorbei. Hassdenteufel machte beim Anblick des Kommissars ein erfreutes Gesicht und bat ihn herein. Ein Glas Rotwein und ein Zigarillo würden Simarek guttun, das sah der Pastor sofort.

„Bist du allein?“, fragte Simarek und bemerkte am Gesichtsausdruck des Pastors sofort, dass dieser seine Gedanken richtig interpretiert hatte, weshalb er gleich versuchte, den Fauxpas zu reparieren: „Ich meine, kein Beichtgespräch, keine Eheanbahnung, keine aufgebrachten Schäfchen aus der ersten Reihe der Gemeinde oder so?“

Hassdenteufel lächelte. „Nein, und auch keine Anna, mit der man so schön über Gott und die Welt streiten kann. Wäre dir ihre Anwesenheit unangenehm?“ Die kleine Provokation saß.

„Natürlich nicht, ich dachte nur... vielleicht dachte ich auch gar nicht.“

„Hast du deinen Fall gelöst?“

Simarek war dankbar, dass der Pastor das Thema wechselte. Er war schon feinfühlig, der geistliche Freund, und natürlich auch neugierig, das wusste der Kommissar. Er hatte es schon viele Male so erlebt. Simarek erzählte, und Hassdenteufel hörte aufmerksam zu. Er verstand den Kommissar und auch dessen inneren Konflikt, weil dieser in seinen Empfindungen dem Täter gegenüber durchaus ambivalent war.

„Du meinst, er ist ein Mörder, aber er hatte einen guten Grund?“, brachte Hassdenteufel das Problem auf den Punkt und formulierte absichtlich über das Ziel hinaus.

„Du weißt, dass es keinen guten Grund für einen Mord gibt. Und ich weiß das erst recht. Und trotzdem verstehe ich Jacques Desgranges. Dass ein Ereignis aus der Vergangenheit das ganze Leben nachwirkt und dass er am Ende seines Lebens beschließt, aus seiner Sicht reinen Tisch zu machen."

„Er konnte nicht verzeihen, eine Schwäche, die menschlich ist, die aber auch tödlich sein kann. Das ist das Dilemma dieser Welt."

Simarek wusste, Hassdenteufel wollte keine Predigt halten, auch wenn er diesen Satz bestimmt schon einige Male auf der Kanzel von sich gegeben hatte. Er war ja deshalb auch nicht falsch.

„Hass ist eine Triebkraft, die mir in meinem Job immer wieder begegnet", sagte der Kommissar. „Aber ebenso der Umstand, dass es Menschen gibt, die diesen Hass auch auf sich ziehen. Wenn du so willst, dieser Schmidtbauer war wirklich ein Arsch. Und jetzt komm mir bloß nicht mit ‚Man soll über Tote nichts Schlechtes sagen'."

„Das hat Desgranges mit seiner Aktion ja auch allen zeigen wollen. Sehet, welch ein Arsch. Und dass Schmidtbauer nackt am Ufer der Saar endet, damit hat Desgranges für mich nicht nur eine alte Geschichte noch einmal erzählt. Letztendlich zeigt es, dass wir am Ende unseres Lebens alle nur nackt und bloß sind. Das gilt aber auch für Desgranges selbst, auch wenn er das wahrscheinlich in diesem Moment nicht verstanden hat."

Simarek seufzte und kratzte sich am Handrücken. Natürlich hatte der Pastor mit seinen grundsätzlichen Erwägungen wie so oft Recht.

„Weißt du“, fuhr Hassdenteufel fort, „ich frage mich oft, ob das in unserer Generation schon besser geworden ist.“

„Was meinst du?“ Simarek war überrascht von der Wendung, die das Gespräch nahm.

„Na ja, du hast erzählt, Desgranges habe seine schlimme Erfahrung ein Leben lang mit sich rumgetragen. In sich hineingefressen, oder wie er selbst gesagt hat ‚verdrängt‘. Ein innerer Konflikt also, der nie bearbeitet wurde und deshalb eine zerstörerische Kraft entwickeln konnte, die sich jetzt Bahn gebrochen hat.“

Hassdenteufel hatte eine Runde Lepantos spendiert, zog jetzt an einem Zigarillo und blies den Rauch andächtig in die Luft. „Und ich frage mich, ist unsere Generation da schon weiter? Wir haben doch gelernt, Probleme zu thematisieren und rennen gerne zur Psychotherapie oder in Supervisionsgruppen. Wir haben also das Werkzeug, um mit solchen Dingen umzugehen. Und doch glaube ich, Menschen wie Desgranges wird es auch in unserer Generation geben und wahrscheinlich auch bei den ganz Jungen. Eigentlich ist das deprimierend.“

Simarek zog an seiner Lepanto und meinte dann: „Es wird immer Menschen geben, die still leiden. So weit sind dann auch Gesine Mollet und Jacques Desgranges nicht voneinander entfernt. Nur das Ziel ihrer Gewalt unterscheidet sich. Und dass das verbindende Element Desgranges’ Tochter war, ist schon eine besonders ironische Variante des Schicksals. Die Tochter und

Psychotherapeutin, die zwei Menschen in ihrem zerstörerischen Tun nicht aufhalten kann, obwohl sie so vieles sieht und versteht."

Simarek ahnte, wie Simone Richter sich fühlen musste, oder war sie schon wieder einen Schritt weiter in ihren Gedanken? Hatte sie am Ende schon wieder verstanden und verarbeitet? Er wusste, er würde Simone Richter wieder begegnen, ihm war aber nicht klar, ob er sich nur darüber freuen sollte. Zu unsicher war er sich selbst ihr gegenüber und dem, was zwischen ihnen geschehen war. Hatte sie ihn getäuscht? Oder hatte sie tatsächlich nur parallel zu ihm dieselben Schlüsse gezogen? Er würde sie fragen, irgendwann mal.

Die Lepantos waren geraucht und Simarek müde. Der Kommissar stand auf, legte seinem Freund, dem Pastor, freundschaftlich die Hand auf die Schulter und sagte: „Ich muss ins Bett. Danke, dass du so viel Zeit für mich hattest. Gute Nacht."

„Hast du nicht noch was vergessen?" Der Pastor zog eine Augenbraue hoch und bemühte sich, tadelnd zu blicken.

„Ich? Nö. Keine Ahnung. Was meinst du?"

„Soll ich vielleicht Anna grüßen, wenn ich sie sehe?"

„Gute Nacht", sagte der Kommissar noch einmal und ging. Er konnte dabei spüren, wie Hassdenteufel in seinem Rücken lächelte.

Samstag, 19. Oktober 2002

•

Die Nacht war kurz und traumlos, jedenfalls erinnerte er sich nicht mehr an irgendwelche Bilder, die ihn im Schlaf bewegt hätten. Der digitale Wecker zeigte 04:45, Zeit zum Aufstehen, wollte er den nächsten Zug nach Köln nicht verpassen. Die Wäsche fiel kurz aus, er würde bei Evi in Köln schnell unter die Dusche springen und dann... Ja, was dann? Er ahnte, dass sie beide nach der Begrüßung eine gewisse Zeit brauchen würden. Dann würde sich schon zeigen, welche Richtung ihre Beziehung nähme. Aber Simarek war sich jetzt sicher. Er wollte diese gemeinsame Zukunft mit Evi.

Er korrigierte seinen Körpergeruch noch mit einem extra Sprühstoß seines Deos, stopfte Camilleris Montalbano in seine Jackentasche und hastete aus der Wohnung. Im Treppenhaus nahm er jeweils zwei Stufen auf einmal, denn ihm blieben jetzt gerade noch fünfundzwanzig Minuten bis zum Bahnhof. Zwar war der Weg dorthin zu Fuß bequem in einer Viertelstunde zu bewältigen, aber Simarek wollte noch Croissants und einen Kaffee kaufen. Merkwürdigerweise hieß der neuerdings am Bahnhof „Coffee to go“, wobei eine der kleinen

Backstuben mit der originellen Schreibweise „Kaffee Togo" aufwartete. Der Kaffee stammte aber eindeutig aus den Anden. Er erinnerte sich daran, dass in Berlin vor kurzem ein amerikanischer Laden namens *Starbucks* eine Filiale eröffnet hatte. Kaffee für unterwegs war eine Variante für Eilige, dachte Simarek. Und heute hatte er es eilig. Hätte er seinen Wecker eine halbe Stunde früher klingeln lassen, hätte es für einen weitaus gemütlicheren Kaffee bei Pit gereicht. Aber man kann nicht alles haben, Schlaf und Zeit für einen entspannten Kaffee schließen sich manchmal aus.

Als Simarek einstieg, stellte er fest, dass der Zug angenehm leer war. Offenbar wollten an diesem frühen Morgen nicht viele Menschen Richtung Köln. Ihm konnte das recht sein. Er suchte sich ein gemütliches Eckchen, kuschelte sich in den Sitz, trank seinen Kaffee und begann zu lesen. Sein Handy schaltete er zur Sicherheit stumm. Bis Köln wollte er Montalbanos ersten Fall zu Ende bringen. Der fiktive sizilianische Kommissar sollte ebenso mit einem gelösten Fall ins Wochenende gehen wie der reale Kommissar aus Saarbrücken.

In Mannheim musste Simarek umsteigen. Diese Verbindung war knapp vierzig Minuten schneller als die Strecke über Trier, die er sonst fuhr. Trotzdem hatte er mehr als zwanzig Minuten Zeit, um einen weiteren Kaffee zu trinken, bevor er wieder einsteigen musste. Als der Zug in Bonn hielt, hatte auch Montalbano seinen Fall gelöst. Auch dort, in Vigata, hatte es zunächst falsche Fährten gegeben. Und am Ende war dann doch einiges anders, als Montalbano am Anfang gedacht hatte. Simarek nickte zufrieden. Das kannte er. Ihn erfüllte ein Gefühl von Zufriedenheit, weil er sich für einen kurzen Moment sicher war, eine Aufgabe zu erfüllen, die sinnvoll war. Und er machte seinen Job ziemlich gut. Der Mörder mag manchmal nicht mehr zu belangen sein, aber immerhin musste die Wahrheit an die Oberfläche. Das war auch diesmal gelungen.

Kurz hinter Bonn stellte Simarek fest, dass er zwei Nachrichten auf der Mailbox seines Handys hatte. Während er las, hatte jemand am Samstagmorgen versucht, ihn zu erreichen. Vielleicht Evi? Er wählte die kurze Ziffernfolge für den Mailboxabruf und hörte.

„Sie haben zwei neue Sprachnachrichten. Erste Nachricht, empfangen heute um sieben Uhr sechsundvierzig: Hallo ...“ Es gab eine Pause, in der es nur rauschte, dann: „Hier ist Simone Richter“, wieder eine Pause, „ich wollte nur sagen, mein Vater ist heute Nacht gestorben. Ich hoffe, er hat seinen Frieden gefunden.“ Der Kommissar schluckte. Die nächste Nachricht hatte den gleichen Inhalt: „Zweite neue Nachricht, empfangen heute um acht Uhr sechzehn: Hallo Herr Simarek, hier Duchene, mein französischer Amtskollege hat angerufen. Jacques Desgranges ist tot. Die Franzosen fragen nun, ob wir wissen müssen, ob es ein natürlicher Tod war oder gar Selbstmord. Ich habe gesagt, von uns aus brauchen wir keine Autopsie. Der Mann war ja zum Sterben im Hospiz. Dass er dort stirbt, ist also folgerichtig. Wir können den Fall dann ad acta legen. Ich wünsche Ihnen ein schönes Wochenende."

„Das Leben ad acta legen", dachte Simarek. Wollte er wirklich wissen, wie Desgranges gestorben war, ob von eigener Hand oder doch ganz natürlich aufgrund seiner Krankheit, nachdem er seine letzte Kraft dazu aufgewandt hatte, einen anderen mitzunehmen? Nein, er wollte es nicht wissen. Dieser Fall war abgeschlossen. Er lag hinter ihm. Vor ihm lag das Wochenende mit Evi. Schon seit Minuten sah er, wie die Türme des Doms immer näher kamen, und als der Zug in einer langen Rechtskurve dem Hauptbahnhof endgültig entgegenstrebte, da hatte Simarek für sich beschlossen, dem Rat des Polizeichefs zu folgen und den Fall ad acta zu legen. Er freute sich auf Köln und Evi, tatsächlich.

Als Simarek den Zug verließ, merkte er, dass der Kaffee, den er unterwegs getrunken hatte, Wirkung zeigte. Schon wieder verspürte er das dringende Bedürfnis, einen fahren zu lassen. Er gab nach…

Am Tisch mit Robert Simarek

Simarek isst gerne und gut. Zwei Gerichte sind in diesem Buch erwähnt, eins hat der Autor für den Kommissar mit Liebe nachgekocht, das andere isst er hin und wieder in seiner Saarbrücker Stammkneipe, der *Alten Bierstube*, woher das Rezept stammt und die eine gewisse Ähnlichkeit mit der *Gelben Kastanie* hat. Nur Biggi und Ansgar sucht man hier vermutlich vergebens... doch wer weiß? Beide Gerichte sind jedenfalls hiermit empfohlen und ein Beweis dafür, wie international im Saarland gekocht wird.

1. Calamari con Piselli (für vier Personen)
500 g Tintenfische (Calamari oder Sepie), in Streifen geschnitten, 1 große Zwiebel, 2 Knoblauchzehen, 1 Bd. Petersilie, 3 frische Salbeiblätter, 250 g frische Tomaten (enthäutet), 5 EL Olivenöl, 1 Tasse trockenen italienischen Weißwein, Salz, schwarzer Pfeffer aus der Mühle, 300 g ausgehülste Erbsen

Zwiebel fein hacken und mit dem Knoblauch und der Hälfte der Petersilie in einer Kasserolle mit dem Öl glasig dünsten. Wein zugießen und fast ganz verkochen

lassen (dauert rund 5 Minuten). Dann den Tintenfisch hinzugeben, nach weiteren 5 Minuten die enthäuteten Tomaten, salzen und pfeffern, danach zudecken und auf kleiner Flamme ungefähr 30 Minuten unter häufigem Rühren köcheln.
Frische Erbsen ca. 20 Minuten, tiefgefrorene ca. 10 Minuten vor Ende der Garzeit mit dem gehackten Salbei in die Kasserolle geben und mit den Tintenfischen weichkochen. Vor dem Servieren noch die restliche Petersilie untermischen.

2. Bibbelsches-Bohne-Supp mit Quetschekuche
500 g grüne Bohnen, 500 g Kartoffeln, 80 g Dörrfleisch, Butterschmalz oder Öl, 1 Gemüsezwiebel, 1,5 l Fleischbrühe, Pfeffer, Muskat, Bohnenkraut, Petersilie, Sahne, Salz und Pfeffer

Bohnen putzen, waschen, in Stücke schneiden, Dörrfleisch würfeln und in etwas Butterschmalz oder Öl auslassen; Gemüsezwiebel würfeln und dazugeben, gut brutzeln lassen; dann mit der Fleischbrühe ablöschen und die Bohnen dazugeben. Das Ganze mit ordentlich Pfeffer, etwas Muskat und Bohnenkraut würzen. Wenn alles kocht, die Kartoffeln (natürlich geschält, gewaschen und kleingeschnippelt) dazugeben. Gar ist das Ganze dann so nach etwa 15-20 Minuten. Zum Schluss etwas gehackte Petersilie dazu, ein Schuss Sahne, Salz und Pfeffer zum Abschmecken und fertig!

Quetschekuche

500 g Mehl, 75 g Zucker, 1 Päckchen Frischhefe, 1/4 l lauwarme Milch, 100 g Butter, 1,5 kg Pflaumen

Backofen vorheizen (Elektro 220 Grad, Gas mittlere Hitze)

Mehl in eine Schüssel geben, Zucker unterrühren und in die Mitte eine Mulde drücken und die Frischhefe, in lauwarmem Wasser aufgelöst, dazugeben. Das Ganze mit der lauwarmen Milch und weicher Butter zu einem Teig kneten und diesen etwa 30 Minuten gehen lassen. Backblech mit Butter einfetten und Teig auf dem Blech auswalzen. Teig auf dem Blech noch einmal ca. 15 Minuten gehen lassen. Dann die Pflaumen, entsteint und oben eingeritzt, dicht hintereinander auf den Teig setzen und etwas Zucker drübergeben. Ca. 30 Minuten backen lassen und nach Geschmack noch etwas Zucker drüberstreuen.